生命中的生命

——如何关爱孩子的精神生命

三可 著

四川出版集团

四川美术出版社

前 言

　　长期以来，有不少父母和其他关爱孩子的人不太注意，甚至不了解在孩子的整个生命中有一种看不见、摸不着的，对孩子的健康成长意义重大的特殊生命，即孩子的精神生命。因此，在提到如何教育孩子的问题时，他们往往想不通。有的说：现在的孩子太幸福了，他们真是生在福中不知福呀！你看他们长期处在父母和其他长辈，以及很多关心他们的人的呵护之中。他们几乎是要什么有什么，除了学习，他们什么也不用管，什么也不用操心。奇怪的是，他们好像是越大越不懂事，越大越让人揪心，很多孩子不单是学习成绩不行，还不懂得关心、体贴他人，他们做事懒散，缺乏意志力，没有主见。有的还常常用言行刺伤关爱他们的人的心。

　　有的说：孩子的事不能不想，但一想起来，既让你感到困惑，又让你感到伤心。你看，做父母的几乎都是全身心地在爱自己的孩子，他们对孩子的关爱真是无微不至，费尽心思，然而得到的回报呢？经常是不但不领情，不买帐，一些孩子甚至是厌烦、赌气、怨恨父母。

　　还有的说，按现在的条件，其实把一个孩子正常养大对很多家庭来说并不算难，可要教育好一个孩子那真是太不容易了。很多时候做父母的真不知该咋办。父母们还有很多、很多的感叹，总之，这些父母深深地感觉自己是在认认真真地尽父母的职责，全心全意地爱自己的孩子，可不知为什么其结果就是适得其反。

　　大量的事实和教育实践告诉我们，孩子身上存在的问题，追根究底往往就是他们的父母和其他关爱他们的人的问题。在孩子的成长过程中，精神生命的重要性是超越物质生命的，但在现实生活中很多父母和其他关爱孩子的人的做法往往是反过来的，因此，一些表面上看起来是多么健康、幸福的孩子，他们的精神生命却是那样的虚弱，甚至出现扭曲，以至导至一些恶果的产生。

2006年2月在短短的十天内，华南农大连续发生了四起跳楼身亡的事件，其中有三人是在校学生，有一人是职工。2006年2月20日正是华南大学开学的第一天，一名大一的新生就从该楼的实验楼跳下身亡；2月23日，又一名女子怀揣遗书从该校的教学楼6楼跳下身亡；2月26日晚11时一名该校的研究生在宿舍里割腕后，从5楼的宿舍爬到9楼的天台上跳下身亡；3月1日凌晨，又一名研究生从9楼的公寓天台上纵身跳下。这一幕幕悲惨的事件，真叫人触目惊心。

然而我们要问，这些骄子、这些精英为什么会这样呢？其深层次的原因又是什么呢？

据调查，在我国很多高校中每年都有一、二起学生自杀事件发生，更可怕的是此类悲剧还在陆陆续续的上演。一些学生虽然没有自杀，但已有自杀、自毁的念头。另外一些孩子，由于精神生命的创伤，甚至扭曲，他们不仅伤害自己，也残害他人，甚至不惜毁掉自己的亲人。2001年7月发生在贵州安顺市的一对双胞胎姐妹因长期受父母的重压，她们在中考失利的情况下，二姐妹合谋用"毒鼠强"将自己生身父母活活毒死的事件，叫人不寒而栗。

据北京市回龙观医院历时7年的调查结果显示，我国年平均自杀率为：23/10万，自杀已经成为15岁至34岁青少年的第一死因，占相应人群死亡数的19%，照此推算也就是说，我国每年约有6万人被写进"黑色档案"。还有更多的自杀未遂人数让人难以计算。

另据一些心理学家和教育工作者对我国中小学生的心理健康状况调查研究后发现，小学生中有心理和行为问题的约占10%，初中生中约占15%，高中生中约占19%，他们普遍存在着嫉妒、自卑、任性、孤僻、焦虑、逆反、情绪反常、神经衰弱、社交困难、学习不良、对学校恐惧、吸烟、酗酒、乃至自杀、残害他人性命等等问题。就是那些没有心理或行为问题的孩子，他们也经常感觉不到生活中的幸福和快乐，究其原因都是在这些孩子的成长过程中他们的精神生命要么长期得不到关爱、要么经常遭到打击、要么暗暗的被伤害，这难道还不足以引起我们对他们精神生命的高度关注吗？

我的爱人从教三十多年，在长期与孩子的接触、交往中爱人经过不断的实践和探索，总结和提炼出了很多关爱孩子的精神生命，促进孩子健康成长，使孩子找到幸福和快乐的有效方法。在她的关爱下，一批批在逆境中成长，饱受挫折和打击的学生坚强的生活，努力地奋斗，找到了自己人生的位置，走上了幸福和快乐的道路。一些当年的所谓"差生"和"后进生"经过爱人的关爱后变成了积极上进，勇于面对人生，敢于挑战困难，乐观、有责任心的人才，他们有的已取得了突出的成绩，有的正满怀信心朝着自己的人生目标奋进！

在爱人对教育的热情和对孩子的爱心感染下，我那颗对教育原本就有着浓厚兴趣的心，在我们女儿出生后更是变得热血沸腾，力量十足。我和爱人共同将她过去关爱孩子精神生命的独特思想和观念以及一系列的具体方法进行归纳、整理后用于我们的家庭教育之中。

当很多父母把孩子当成自己的私有财产，完全按照自己的愿望和目标去塑造孩子，甚至像生产产品一样去培养孩子的时候，我们却把我们的女儿看成是与我们完全平等的、独立的人。我们认为孩子既然是独立的，父母就不应该用自己的意愿或某种模式去划定他们的成长路线，父母必须要抛弃私心，调整好自己的心态，既要重视孩子的物质生命，更要重视孩子的精神生命，要让孩子的精神生命在充满着开放、宽松、自由的环境中成长，让孩子生命的潜能更容易被激发和调动。

当很多父母把孩子的读书、学习看成是孩子成长中的头等大事时，我们却认为读书学习只不过是孩子生活中很平常的一个部份，在读书学习之外孩子还需要休息、娱乐、体验生活、享受人生，这些也是学习的重要组成部份，只有这样孩子才可能真正找到幸福和快乐的感觉，有了幸福和快乐的感觉，他们才可能体会出人生的价值和意义，他们的生命才可能充满活力。

当很多父母为了把孩子的学习成绩搞上去，想尽了办法，全力以赴，恨不得把所有的管、卡、压都用上，而孩子的学习成绩不但难以上去，甚至与父母的愿望背道而驰，父母们深感伤心、痛苦和无奈的时候，我们认为在孩子的生命中始终蕴藏着各种各样，无穷无尽的潜能，搞好读书成绩只是这其中的一小部份。孩子的潜能之所以不能顺利、充分的发挥，主要是因为父母和其他与他们有关的人，以及环境等因素的影响和干扰，父母只有多在自己的身上找原因才能及时纠正和排除这些影响和干扰。父母和其他关爱孩子的人学会并且做到了正确关爱孩子的精神生命，孩子的整个生命将会在精神生命的作用下迸发出无穷的力量和预想不到的智慧，这时孩子不但能积极主动的搞好学习，同时还能从学习中找到快乐和自信，孩子的人生也会充满着无限的光明。

本书将要献给大家的就是我们通过长期的实践和探索、总结、提炼出来的一些如何正确关爱孩子精神生命，帮助孩子健康成长的思路和方法，相信它能给父母和其他关爱孩子的人们以启示，相信它可以为大家在家庭教育中排点忧、解点难，让我们的孩子得到健康的成长，获得更多的幸福和快乐！

三可

2010年11月3日

《生命中的生命》

——如何关爱孩子的精神生命

简　介

人人都知道生命是最重要的，那么，生命中的生命呢？自然就应该是最最重要的了。什么是生命中的生命呢？其实很简单，它是潜藏在人的物质生命中，虽然看不见，摸不着，但始终左右着人的生活、学习，乃至整个人生的特殊生命，即：人的精神生命。

《生命中的生命》是作者和其从教三十多年的爱人通过长期的实践加理论学习，再结合现实中大量活生生的实例用全新的思想、观念和方法去观察、剖析现实家庭教育中存在的种种问题，总结和提炼出了父母和其他关爱孩子的人正确关爱孩子的精神生命，使孩子获得健康、向上的精神生命是家庭教育的根本。家庭教育只要抓好这个根本，一切问题都会迎刃而解。这也可以说，它是一种关于精神生命的教育法。

《生命中的生命》从孩子精神生命的几个重要方面入手，用五章的篇幅（即：第一章 无形生命的呼唤，第二章 脆弱生命的支撑，第三章 扭曲生命的避免，第四章 无奈生命的自豪，第五章 鼓舞起来的生命）透过一个个真实的故事解读了在如何正确关爱孩子的精神生命，让孩子获得健康、向上的精神生命的同时，还应该要注意精神生命教育的很多重要特性和环节，如：精神生命的无形性、脆弱性、易扭曲性，以及孩子在不同的生理，心理发展阶段和他们处于各种不同时期的生活、学习状态下，父母和其他关爱他们的人应该怎样领悟和采取哪些适合于他们的方式、方法。

《生命中的生命》从实例中论证了通过抓孩子精神生命的教育可以将繁琐、恼人的家庭教育简单化，这样不但解放了家长，同时又能让孩子获得身心上的轻松和快乐，从而激发他们的主观能动性，找到自信和奋发向上的动力，获得健康、向上的精神生命。孩子有了健康、向上的精神生命后，蕴藏在他们生命中的潜能自然就会迸发出来，什么学习问题、生活问题、人生中的其它种种问题都会不成其为问题。孩子有了健康、向上的精神生命后，他们很容易就会有幸福和快乐的感觉。孩子有了幸福和快乐的感觉，他们很容易就会知道和懂得人生的价值和意义。孩子懂得了人生的价值和意义自然就会朝着自己的目标奋斗、努力。

《生命中的生命》打破传统的思想、观念和教育模式将家庭教育的具体做法归结为：在正确关爱孩子精神生命的思想指导下，父母或其他关爱孩子的人如何与孩子相处，在相处的过程中对孩子进行有形或无形的正确影响和引导，使孩子获得健康、向上的精神生命。要实现这个目的，父母和其他关爱孩子的人必须放下架子把孩子看成是独立的，与自己完全平等的人，不要居高临下的去指导他们，更不要随随便便就指责、批评他们，要站到孩子的角度上多倾听、多肯定、多鼓励他们，走进孩子的心灵和他们找到共鸣，做孩子真正的朋友。这样，父母或其他关爱他们的人对他们的爱他们会懂得，父母们的辛劳和苦衷他们会体谅，父母们的希望和期盼他们会铭记在心，并能够化为鼓舞自己的动力。总之，教育者通过对孩子精神生命的正确关爱实施精神生命的教育，从而鼓舞起孩子的精神生命，使其健康、向上。健康、向上的精神生命会给孩子带来无穷的、积极向上的力量，使孩子的人生充满着无穷的幸福和快乐。

目 录

目 录

目录

目录

第一章　无形生命的呼唤

　　人生的幸福和快乐靠的是什么？我们从很普通的道理中发现，一个人的基本生命有两条，一条是有形的物质生命，另一条是隐藏在物质生命中的看不见、摸不着的，但它始终左右着人的生活和发展的无形的生命，即人的精神生命，从这个意义上说它就是生命中的生命，它涵盖了人的思想、观念、感情、心理等等所有精神的东西。由于物质生命的有形性，人们的感觉、体验和认识经常受其阻挡和蒙蔽，一些人认为所谓人生的幸福和快乐，不外乎就是物质生命的舒适和安逸，以及物质生命的健康、长寿。然而，事实上有不少的人，虽然他们经济上比较富裕，物质生命过得比较舒适、安逸，他们物质生命的健康、长寿也有一定的保障，但是，由于他们经常认为社会总是对自己不公，自己失去的太多，得到的太少，无论自己怎么努力总是赶不上别人。他们甚至认为这个世界有太多的人亏欠了他们，世界充满了虚伪和狡诈，人与人之间是多么的冷漠、残酷，人生更多的是压抑、困惑、沮丧、孤独和痛苦。因此，他们难以感觉到人生到底有什么幸福和快乐。

　　与之相反的另一些人，他们认为社会的公平本来就是相对的，生活中不要太计较得失，有舍才有得；知足者才能长乐。生活中的很多事情需要用一颗平常心去对待，那些自己认为应该获得而没有获得的，应该成功而没有成功的事情主要是自己没有做好或自己努力得不够。不要怪罪别人，更不要抱怨社会的不公，多从自己的身上找原因，只要肯努力就会有希望。我们的世界是一个光明与黑暗、真实与虚伪、忠厚与狡诈、热情与冷酷、善良与凶残、友善与敌意等等正反两方面并存的世界，我们的眼睛只要多看正面的东西，我们的思想只要多从光明的方面去想，你就会找到幸福和快乐的感觉。有了幸福和快乐的感觉，人生就会有意义，人的潜能就可能得到充分的发挥，人生的价值就会表现出来。

可见，人生的幸福和快乐靠的就是正面的认识和感觉，事实证明，这种认识和感觉来源于人的良好心态，来源于人健康的情感，而这种正面的认识和感觉、良好的心态和健康的情感又只能产生于人的健康向上的精神生命中。归根结底，一个人一生的幸福和快乐靠的就是他所拥有的健康、向上的精神生命。

孩子健康、向上的精神生命不是生来就有的，他必须是父母或其他关爱他们的人们对他们的精神生命进行正确关爱，培育而获得的。要对孩子的精神生命进行正确的关爱、培育，父母和其他关爱孩子的人必须要透过孩子物质生命的表象，去了解、弄清孩子精神生命的各种需求，去回应孩子精神生命的各种呼唤。

一、当孩子降临的时候

您是否知道在做好关爱孩子有形生命的同时，更应该要做好关爱孩子无形生命的准备呢？

1988年7月5日清晨5点30分,随着一声啼哭,我们的女儿在她妈妈的肚子里呆了九个月零二十六天后来到了这个世界。站在产房门外，听着女儿的哭声，我那既忐忑、又兴奋的心情渐渐的平静下来。大约等了一个多小时,护士打开了产房的门将包裹好的女儿递到我的手中，一边对我说："恭喜你们生了一个六斤四两的千金，一切正常。"我一边说："谢谢！"一边接过女儿，将她紧紧地抱在怀里，脸上洋溢着幸福的笑。

谢天，谢地，之前我和爱人的很多担心总算多余。看着女儿圆圆的，还没有我手掌大的脸蛋，我感到既陌生、又熟悉。"这就是我们的孩子啊？我们的孩子就是这个样儿啊？"我在心中傻傻的自己问自己。我慎重其事的将女儿抱到病房，在护士的指导下，小心翼翼的把她放到爱人的床上，静静等待爱人的胜利归来。

　　女儿来到这个世界兴奋了一阵子后，好象很累似的，紧闭着双眼，静静地休息。说实在的，孩子从温暖、舒适的母体中来到这个世界也是经历了一场严峻的考验，也几乎是一场磨难。我们在关心他们母亲的同时，也应该理解和懂得这些刚出生的弱小生命的不容易。我看着女儿那小小的嘴唇、小小的鼻子和那不皱、但有点红里透出一丝淡淡黑的皮肤，我的全身像通了电似的，一泓泓暖流在我血液中涌动。汹涌的心潮不停地拍打着我思想的海岸，我从心底里发出一个声音：大自然真是太神奇了，我们真该感谢上天啊！我坐在床边两眼盯着女儿，慢慢的进入了深深的沉思之中。

　　我想到：女儿现在已来到了我们身边，她的成长会如何？她以后的人生怎样？都将取决于她生命成长、变化的健康、向上程度，而这个生命不仅是有形的物质生命，更重要的是无形的精神生命。我们千万不能因为女儿小就忽略她精神生命的存在。现实中我们发现，有不少父母在自己孩子降生的时候，并未作好当父母的准备，面对孩子的降临有些是孩子般的高兴，有些是困惑，有些是茫然，还有的是陌生与麻木。出于责任，出于本能，他们大多也会对孩子有形的生命给予高度关注和特别关爱，但是，在另一方面，由于他们不懂得，甚至不了解在孩子有形生命之中隐藏着的，对孩子健康成长，对孩子的未来意义重大的精神生命，因此，他们往往忽视孩子精神生命的存在。随着孩子的不断长大，他们的精神生命出现严重的营养不良，甚至遭到蹂躏和摧残，经常落得只有在痛苦中暗暗地呻吟和挣扎。

看看现实，很多父母将孩子看成是自己的私有财产，他们将自己在社会中所承受的诸多压力转嫁到孩子的身上，他们在激烈的社会竞争重压下，在应试教育的影响下，将自己未实现或无法实现的人生愿望寄托在自己的孩子身上，他们按照自己的理想规划着孩子的人生，仿佛孩子降临到这个世界就是为父母的荣誉和面子而来。这些父母按照自己的理想和期望去教育、培养自己的孩子，孩子按照父母们所设定的程序生活，按照父母所划定的轨迹成长。于是压抑、逆反、痛苦，甚至扭曲、崩溃的生命不时出现，父母们摸不着头脑，不知到底该怎么办。

感谢大自然的神奇！感谢上天的伟大！父母才有机会创造出一个个鲜活的生命，孩子虽然降临到了父母的身边，但他们不属于父母，也不属于其他人，他们只属于他们自己，他们是与父母和其他关爱他们的人完全平等的、独立的个体。因此，他们的生命需要得到充分的尊重与关爱，父母只有在尊重和关爱孩子物质生命的同时，更加注意尊重和关爱孩子的精神生命，蕴藏在孩子生命中的各种、各样的潜能才可能充分的发挥出来，否则，孩子在生活中很难找到幸福和快乐的感觉，没有了幸福和快乐的感觉，孩子的人生会变得暗淡、无光，甚至是痛苦、哀伤。

那么，作为父母和其他关爱孩子的人到底应该怎样关爱孩子的精神生命，才能让孩子获得幸福和快乐的感觉呢？答案就是，放弃我们的私心，抛弃我们的面子观，不要总想左右孩子的生活，更不要企图规划孩子的人生，要不怕孩子摔跤，敢于让孩子接受各种锻炼与考验，我们应该尽可能地向孩子提供宽松、无拘、无束、自由奔放的成长环境，因为孩子在这样的环境中最容易接受父母或其他关爱他们的人正面的帮助与引导，这时，孩子的潜能也就容易充分发挥，同时孩子生命的价值和意义也能够最大限度得到体现，幸福和快乐的感觉自然就不言而喻了。

也许有人会说，孩子成长就像一颗颗树苗的生长，假如不对他们进行严格的管束，他们很可能就会变弯、变曲，长大后必然成不了材，因此，必须从小对他们进行严格的管教。另外，孩子始终是孩子，他们的很多想法和行为都是幼稚可笑的，父母或其他关爱他们的人如果不对他们成长中的重大问题进行指导和把关，他们很可能就会走许多的弯路，甚至会遭到重大的失败，到时悔之晚矣。

然而，我们从大量的实例中发现，孩子精神生命的成长并不象人们说的那样象树苗的生长。因为人们为了防止树苗变弯、变曲可以用夹板去夹，用绳索去捆，而孩子在成长过程中父母煞费苦心，用严格的管、严肃的教，恨不得把所有的身心都赴在他们身上，结果常常起到相反的作用。孩子不但没有按照父母的愿望去成长、取得明显的成绩，相反他们很多是产生逆反、怨世，甚至是仇恨，走极端等等。另外，成人们自以为自己有很多人生的经验和感悟，总是居高临下地指导孩子，替孩子把各种"重大问题"的关。他们不知道这样无形中压制了孩子的思维，损伤了孩子的自信，夺走了孩子接受锻炼的机会。最后给予孩子的是缺乏主见，害怕失败，不敢面对矛盾，懦弱，等等。因此，我们说，孩子是精灵，他们有着丰富而复杂的精神生命，而这条生命更象一座能量无限的活火山，它需要的不是约束和限制，而是激发、是引导、是符合他们特点的疏导和适度的管理……

假若孩子精神生命的火山被有效激发，孩子整个生命的火焰就会变成排山倒海的溶岩去摧毁一切影响他们健康成长的障碍，让他们的人生变得无比灿烂、辉煌！

怎样正确引导和充分激发我们女儿精神生命火山呢？爱人过去在关爱孩子精神生命方面的实践和探索已为我们今后共同帮助女儿健康成长打下了坚实的基础，可以说它们就是我们为女儿来到这个世界所作的充分准备，相信我们未来能在爱人过去实践和探索的基础上通过进一步学习，让女儿的生命迸发出无限的活力，相信女儿在我们的帮助下定会找到人生的幸福和快乐……

"让一让"。护士的喊声打断了我的沉思，我抬头一看，几个护士和医生用单架车已将爱人推进了病房，我立即起身一边让路，一边深情的用微笑和爱人打招呼，爱人好像一眼就看透了我的心思，对我笑了笑，仿佛在对我说："不用着急，以后的事情我们还是共同探讨、协商，一步一步的做吧。

温馨提示：在父母和其他关爱孩子的人迎接孩子来到这个世界的时候更应该多想想，我们到底要用什么样的思想、观念和方式、方法去影响、引导和帮助我们的孩子才能让他们走上真正幸福和快乐的道路。

二、当孩子哭的时候

您知道在孩子哭的背后，他们的精神生命在呼唤着什么吗？

孩子从降生时的第一声嘀哭开始到他们成年，总会有数不清的哭。哭是人的一种典型行为，而这种行为发生在孩子身上往往意味着孩子有很多要求需要父母去理解、去懂得、去满足。我们从实践中发现，孩子的精神生命和其它事物一样具有二重性，当父母和其他关心孩子的人对孩子进行了正确而及时的关爱时，孩子的精神生命很容易就会朝着健康、积极、向上的方向发展，否则，就会朝着相反的方向变化。例如：当婴幼儿时期的孩子渴望着父母的抱，渴望着和父母亲热时，如果得到了及时的抱和亲切的关怀，他们的精神生命就会感到愉悦和舒畅，否则，他们就会感到烦躁与不安，甚至产生焦虑与恐惧。但是如果父母不加分析的对孩子过分的依赖通通给予满足的话，孩子的精神生命就会朝着胆小、离不开父母、虚弱、难以独立的方向发展。实例举不胜举。

如何对待孩子的哭，是对父母和其他关爱孩子的人如何正确关爱孩子精神生命的一种考验。孩子的哭不会无缘无故。婴儿时期的孩子，由于他们没有语言表达的能力，因此，他们的各种要求基本上都是用哭的方式来表达。他们饿了要哭，瞌睡来了要哭，不高兴时要哭，需要抱时要哭，需要别人陪时也要哭，身体不舒服了更要哭……总之，哭的理由、哭的原因很多，然而一些父母和其他关爱孩子的人由于缺乏对孩子精神生命的了解，他们往往一听到自己孩子的哭就由衷的产生出心痛的感觉，也有一些父母在痛爱孩子的同时感到烦躁和不安。他们通常的做法是，迅速地将孩子抱起来，又是抖，又是拍，又是诓，恨不得将孩子含到嘴里，装进心里，用自己整个的身和心让孩子无比的舒心、无比的安逸,只有看到孩子的愉悦和笑他们才会放心。

另一方面呢？对于孩子的精神生命他们很少或根本就不考虑。这时,孩子的精神生命在暗暗的发出呼唤：关爱我不能这样无原则的过份痛爱我,我会忘了坚强,忘了忍性,忘了独立,不知道关心、体贴别人,变得娇气,变得脆弱,变得经不起一点风雨……

多么可怜的孩子们啊！多么可悲的父母们啊！好好重视孩子的精神生命,重视精神生命的呼唤吧！不能等孩子一天天的长大出了问题后再来感叹、懊悔和把原因归罪于孩子！

关爱孩子的精神生命,其实就是透过孩子物质生命的种种表象去发现孩子精神生命的各种需求,去满足有利于孩子健康成长的需要。让我们再多从几个方面看一看在孩子哭的背后,他们的精神生命在呼唤着什么吧？

当幼小的孩子饿了哭的时候,他们的精神生命在说：请及时供给我身体所需的食物,但不要娇惯我的偏好,更不要照顾我不利于健康成长的习惯；当孩子跌倒了哭的时候,他们的精神生命在说,假若你们大惊小怪的保护我,我会变本加厉的大哭,觉得委屈似的害怕跌倒。如果你们平静的对待我的跌倒,对我的勇敢进行及时的鼓励,我逐渐就会变得坚强；当孩子受到委屈、受到挫折、遭到打击而哭的时侯，他们的精神生命在说：请爸爸、妈妈和其他关爱我们的人站在我们的角度，设身处地的理解我们，帮助我们，给我们力量。否则，我们很可能会沮丧、沉沦甚至是自暴自弃。总之，在孩子哭的时候，他们精神生命的各种要求需要父母和其他关爱他们的人去体察，去感悟，去寻求合适的方法对他们进行及时的关爱。

在我们的家庭教育实践中是如何透过女儿的哭去关爱她精神生命的呢？

记得女儿在婴儿时期，我们对女儿的哭采取的是不急、不躁，努力做到理智和平静。每当听到女儿的哭时，我们首先要求自己镇静，然后迅速分析，弄清女儿哭的原因，如果是饿了，尽快给她喂食，不要让她有丝毫受虐待的感觉；如果是困了，就尽快将她放到她的床上，创造尽可能安静、温暖的睡觉环境，让女儿轻松、自如的独自睡觉；当我们发现女儿有时感觉孤独而哭时，我们就尽可能的和她多说话，陪她玩，或唱歌给她听，时不时地抚摸她、亲亲她。总之，不因为她的哭就一味的抱她、哄她。抱她时主要是为了让她正常的活动和观察周围的各种事物，或适当的与我们亲热，让女儿感觉到既有和父母的亲近，又有自己的独立，既有生理各种需求得到满足的快乐，也有精神上不过份依赖父母的自在、轻松。

随着女儿一天天的长大，到半岁时，除了我们抱她、陪伴她玩时的舒心外，她已养成了可以独自睡觉、独自观察、独自玩乐的习惯。她小小的生命展现给我们的完全是一种相对独立、内心舒展、无拘无束、活泼、开朗的面貌。

女儿进入幼儿期后，由于有了言语工具，她的内心需要可以逐步通过语言清楚的表达出来，因此，哭的情况大大减少，但出于孩子的天性等原因，女儿哭的现象也时常发生。

针对幼儿期孩子的特点，如何从他们的哭中发现他们精神生命的需求，通过观察、分析很多父母对待这一时期孩子哭的种种做法后，我们对女儿的哭区别不同情况，采取相应方法对待。

当女儿生病时，听着女儿的哭，我们首先注意的是冷静、不慌。因为任何焦急、慌张都不利于问题的解决。我们始终用平静而温暖的口气对女儿说："我们的可笑（女儿的昵称）是非常聪明、勇敢的，可笑一定能够给爸爸、妈妈说清楚自己的哪里不舒服；我们的可笑是个小英雄，小小的不舒服算不了什么，我们根本不会怕它……"女儿在我们的关怀、鼓励下，一般都能坚持说清她是什么地方不舒服，是怎样的不舒服，以便我们及时帮她解决。有时实在无法说清楚时，我们马上根据她的身体反映和她所指的大概位置进行判断，我们可以解决的及时帮她解决，我们不能解决的赶紧上医院请医生解决。总之，我们是尽量淡化女儿生病的反映，让她懂得人生病是一件很正常的事，只要勇敢、坚强就能战胜它。

有时孩子还会用哭作武器和父母作斗争。当我们的女儿为了达到自己的目的用哭来要挟我们时，我们会用耐心、和蔼的态度对女儿说："你有什么要求应该好好的对爸爸、妈妈说，我们一起商量，只要是合理的，我们都会同意，否则，采取威胁的方式，是行不通的。"

记得女儿在四岁时，有一次临到吃晚饭的时间了，女儿看见外面有许多小朋友围着一个做棉花糖的小贩买棉花糖吃，她赶紧跑过来叫我们给她钱买棉花糖吃。女儿那段时间因感冒刚好，食欲本来就差，如果此时吃糖肯定会影响吃饭，于是我们给她讲明不能吃的道理，并明确的拒绝了她。女儿马上哭了起来，并且是坚决要我们拿钱给她买，我们越是给她讲道理，她越是哭得厉害，直到又蹦又跳地哭喊。我们不再对她说什么，我和爱人把家里可能对女儿造成危险的东西收拾好，然后出了门，任凭她独自在家里哭、闹。

一阵阵强烈的大哭声夹杂着伤心、愤怒的跳脚声从家里传出来，我和爱人的心有点象被电击般的颤动。说句实在话，当时我们也很心痛，但想到千万不能被女儿的威胁吓倒。如果那样，以后遇到类似情况她很可能就会变本加厉的行事，一方面，我们将难以应对，另一方面，更重要的是她精神生命中的任性、霸道、不考虑父母、不关心他人等等，就会随着滋生、漫延。为了及时扑灭女儿精神生命中的不良火种，使其健康、向上的成长，我们忍受着心痛、忍受着煎熬，任她拼命地哭喊。

时间一分一秒的过去，阵阵哭声随着抽泣声，时而高、时而低，时而长，时而短，哭声越来越小，越来越小，间隔的时间慢慢在拉长。经过近两个小时的等待，女儿的哭声才完全停止，我们开门进家，大家像什么事都没有发生过一样，等女儿洗完脸和手，一家人平静地吃饭。

当孩子跌倒了哭的时候，一些父母在看见自己的孩子跌到和听到他们的哭声时，会大呼小叫地跑去呵护，在父母的惊慌与夸张中，有时孩子的跌倒并不严重，但却很伤心，父母用脚朝着孩子跌倒的地方使劲地跺或用手夸张地打，嘴上还教孩子说："就是它，害我们宝宝跌倒，打死它……"孩子跟着跺脚，学着用手打、用嘴骂，于是孩子的哭声渐止，心情很快好起来，可是这些父母没有注意到在孩子得到这种呵护、保护的同时他们的精神生命在暗中说:"爸爸妈妈你们那些夸张、呵护我们的举动其实是在助长我们的娇气,你们不加分析的诱导和暗示教我们学会有了过失不在自己身上找原因,而是把责任推到别人或其他东西身上。在我们小小的精神生命中不经意间就被播撒了推卸责任、敌意、仇恨和不满等不良的种子。"

在我们的女儿跌倒了哭的时候,起初我们不及时去抱她,她会加大哭声召唤我们去抱她,然而,我们知道,在一般情况下,孩子走路、跑步、玩乐跌倒是很正常的事情,用不着大惊小怪。每次发现女儿跌倒,我们首先通过直觉判断,如果不是什么特别严重的跌倒,我们都表现得若无其事的样子,我们常常对女儿说:跌倒了不要紧,自己起来,下次小心就行了。有时遇到女儿撒娇或有点软弱的时候,我们就对她说:"我们女儿勇敢得很,就像解放军叔叔一样,是个小英雄,是幼儿园小朋友学习的好榜样。我们数一、二、三女儿肯定会自己起来的。"我们经常是背对女儿开始数一、二、三,当我们数到二,有时故意把二字拖得很长,女儿不但会迅速地自己起来,同时还会向我们报告:"我起来了"。我和爱人就用非常高兴、热烈的亲吻、拥抱和抚摸回应她。随着女儿的渐渐长大,再出现跌倒、撞倒时,哭的现象极少发生。

有一次,女儿在幼儿园被小朋友撞倒,她不但没有哭,自己爬起来后对小朋友说："以后要小心点。"回家来，女儿将她的表现告诉我们，我们觉得女儿真的很了不起，爱人抱着她深深地亲了又亲说："女儿真行，我们真为你骄傲。"我摸着她的头说："我们的可笑长大了。"类似这样的事情还有很多。

女儿读书以后，我们很难再听到她的哭声，但在一些特殊的情况下，我们也会看到她落泪和听到她小声抽泣的哭。

记得女儿在读小学时，有一次她和几个同学到一个同学家里玩，由于一时的好奇，同学拿出了他爸爸抽的香烟，请大家品尝，大家也很想知道抽烟是什么滋味，你一口，我一口，你觉得难受，她觉得好玩。事后不知怎的，这事很快就传到了班主任老师的耳朵里，老师把所有抽烟的同学叫到办公室进行严肃的批评，并通知所有抽烟学生的家长到学校。

我走进班主任老师的办公室，几个抽烟的学生整整齐齐地站成一排，女儿低着头，两行泪水不停地往下淌。我没有说什么，静静地听老师讲话。"……真叫人生气，这样下去还了得。好的不学，学抽烟，小小年纪如不严加管教，那就会既伤害身体，又养成不良习气，这是校纪、校规所不容的，我请你们家长来是希望大家务必认真对待这件事，回去后好好的再认真教育，一定要汲取这次教训，今后一定不能再有类似的事情发生。"

边听着老师的讲话，家长们有的用怒目直盯着自己的孩子，有的用陪笑的表情对老师说："是，是的。"有的沉着脸不出声。我呢？我暗自在想，孩子的这种行为作为家长和老师都应该作具体的分析，如果他们只是出于好奇，只要我们把抽烟的危害和校纪、校规向他们讲清楚，相信他们是会懂得的，是会高兴接受的。同时，我们应该看到在孩子的这种好奇心中其实包含着一定的探索精神，这是应该肯定的，象这样不加分析，利用权威小题大作对孩子的童心和探索精神就是一种打击和扼杀，对孩子的精神生命，很容易造成伤害。

回家后我和爱人没有对女儿作任何的批评，因为我看到女儿的哭，完全懂得她后悔、难过的心。等女儿完全放松后，我象说家常一样介绍了一些烟草方面的知识，以及抽烟可能造成的不良后果。女儿说："我已经知道抽烟的滋味了，以后就是打死我，我也不会再抽。"我说："世上有很多事情，我们要晓得它们的滋味，要弄清它们的原因，不一定都得亲自去尝试，尤其是象毒品之类的东西，但我们可以通过学习或用科学的方法找到结果，这就是读书、学习带给我们的好处。"女儿高兴地说："懂了。"

另一次女儿的哭至今我还记忆犹新。那是发生在女儿读初二的时候。一天上午，我突然接到女儿班主任老师打来的电话，请我或女儿的妈妈在当天下午一定到她的办公室去一趟，关于我们女儿的学习问题必须要好好的和我们谈谈，我和爱人按照约定的时间到达了班主任老师的办公室，班主任老师请我们坐下后，拿出近段时间女儿她们班考试情况的登记表让我们看。

我们看到了女儿最近一次的考试有两科不及格，我们看到了女儿近段时间来考试成绩下滑的基本情况，班主任老师说："你们的孩子过去的学习成绩一直都不错，可近段时间，不知什么原因，她的成绩一降再降。我观察她的生活、学习好象也没什么异样，我找她谈话，她说：'是住校的环境差，是生活条件不好所致。'我认为她有重要的东西不愿和老师说，在她心中可能藏着很深的原因。"

班主任老师接着说："今天请你们来，主要目的就是希望你们能好好地配合老师教育好你们的孩子，我也是做母亲的人，孩子有很多不愿对老师讲的东西，对父母却可以毫无保留地说，希望你们用好这种得天独厚的优越条件。"我说："行，我们一定把情况弄清，再想办法解决。"班主任老师说："那好，希望尽快看到你们女儿的进步。"

从老师的办公室出来，我和爱人没有去找女儿，而是悄悄离开了她的学校。因为我们认为如果此时去找女儿谈话，她很可能会认为老师又在告她的状，又在指责她的不是，其他同学知道了她很可能会感到没有面子，这会给她造成无形的压力和伤害。因此，我和爱人商量好等女儿回家时再慢慢解决。

星期六下午，女儿象往常一样"潇潇洒洒"的回到了家。她高兴的向我们讲述她一周里碰到的一些有趣的事情，看得出她还不知道我们去过她们学校。听着女儿的讲话，我的心里一阵阵的打鼓，我问自己，我们到底该怎样和女儿谈呢？因为我们知道女儿正处在最易冲动、最"逆反"的青春期，我们对她的方式、方法必须要妥当，否则，起不到好作用不说，还会产生相反的结果。

经过仔细考虑后，我说："好啊！看来可笑这一周还是很潇洒的嘛？感觉肯定还是可以喽？"听到这话，女儿不满意地说："什么潇洒、可以，其实一点都不行，心里烦都烦不过来，我是想到一周没有见到你们了，跟你们高兴、高兴吧了。""哦，是这样，谢谢可笑这样理解、懂得我们，我们太高兴了！"我接着说："那，可不可以让我们知道一下你烦心的事呢？让我们尽量帮你分担、分担好不好？"

鸦雀无声的寂静，女儿陷入了沉思之中。看得出来她的内心很复杂，她是自己在和自己斗争。沉默了许久，她终于开口说话："爸、妈，本来我是不想告诉你们的，然而，我觉得你们确实太够意思了，我现在不把心中的话讲出来实在是对不起你们。其实，最近我的心里特别烦，因为最近的几次考试我考得太糟了，前一周数学和物理考试我居然还会不及格。我真不知如何是好，我从心底里想学好，但一拿起书本心里就又烦、又乱。"听着女儿那难过的声音，看见她那不自然的、顺着脸颊慢慢淌下来的眼泪，妈妈说："不要憋着，想哭就哭出来吧，学习的事不用急，我们一起想办法就是。"女儿有些实在憋不住的样子，她迅速跑进了她的房间，扑到床上失声痛哭起来。

女儿当晚没有吃饭，第二天早晨才从她的房间里出来，等她吃完饭后，我说："咱们今天怎么安排，是否出去潇洒潇洒，轻松轻松？"妈妈问："可笑的意见呢？"我说："好，那就请可笑决定。"女儿说："我知道你们的心意，你们对我这样，我也要对得起你们，我想还是先把我学习的问题解决了，再考虑其它吧。"女儿一扫昨天的憋闷，精神开始爽朗起来，她接着说："仔细想想，最近的心情和感觉都是被逼、被压产生的。你看，数学老师说他的课是主科，每天除了上课外，必须做大量的习题，然后再加餐（做课外资料）。语文呢？老师更是说他的课是主科的主科，课余时间除了做很多习题外，每天必须写一篇日记，三天作一篇作文，同时必须背诵一定的课文内容，做好预习和复习。英语呢？是抓分的主科更是怠慢不得，每天必须背多少个单词，做多少道习题，还要朗读多长的时间。其它科同样的重要，每科都有严格的规定，哪科都耽误不起。每个老师的工作成绩主要就是看我们的考试成绩，我们简直就是他们的学习机器。老师越是逼，我就越是烦，老师越是压，我就越是抵触。"

　　我在心里疏了口气。我顿时明白了，是外界的压力使女儿产生了强烈的逆反情绪，是强烈的逆反情绪使她厌倦学习，是厌倦学习的感觉使她苦闷、烦心。我们应该怎样用关爱去帮助女儿走出现在的困境呢？女儿的精神生命正遭遇着前所未有的严峻考验……我正想着，爱人说话了："前几天，王老师又向我们讲起了她过去班里的学生李继强的故事，前面阴差阳错的我没给你们讲这个故事。李继强的家是住在离学校有五、六公里远的一个农村，就在上前年寒冬里的一天，李继强像往常一样按时起床，简单的吃了早饭后，背着书包摸着黑赶往学校，他一边走，一边想着高兴的事，突然一束巨光向他射来，他什么也无法看清，但他心里明白这是一部飞驰而来的摩托车，他赶紧站到路旁等它过去，霎那间，摩托车就到了他身边，他已没有任何躲闪的余地，他被撞飞到七、八米远的地方昏了过去，等他苏醒过来时发现自己无法站立，巨痛将他带入阵阵的昏迷中，撞倒他的人和车都已不知去向。父母闻讯赶到将他送进医院，经检查他的脾脏被撞伤必须尽快手术，肋骨和小腿都有严重的骨折，同时还有严重的脑震荡。经过几小时的抢救他才脱离了危险，在病房中妈妈看着几乎全身缠满绷带的儿子眼泪就象断了线的珠子无法控制，爸爸虽然没有明显的眼泪，但他心如刀绞的感觉，已在他的表情和举动中表露得一清二楚。继强醒过来后看见妈妈哭，他说：'妈，你不要哭，一切都会好的。一个人的一生会遇到什么祸福，谁也不知道，这事既然落到了我的身上，那我们就只能勇敢的面对它。'几天后，我和同学们去看他时，阵阵巨痛折磨得他牙关紧咬，汗珠从他的额头接连冒出来，但他的脸上始终挂着坚强的微笑。后来继强又经历了几次较大的手术后才慢慢的好了起来，在这次磨难中继强不但明显地感到了自己坚强的力量，他好象更加看清了平时没有充分抓紧时间学习，有时还白白浪费学习机会，是多么的愚蠢。学校考虑到他因伤势耽误几个月学习后，可能会跟不上，等他伤稍有些好转，建议他休学一年彻底养好伤，再好好学习。继强坚决不同意。他说：'我能承受，再苦，再难，我也能行。'他在医院就开始了看书学习，回学校后他加倍的努力，他几次主动拒绝老师对他的照顾，他对老师说：'大家都是一样的学生，别人做得到，我也做得到，别人能行我也能行。'就是这种勇于挑战自己，对生活、对学习充满自信，不怕苦、不服输的顽强精神让继强在后来的中考中获得了全校第二名的好成绩，顺利的进入了省的重点高中。"

女儿听得如痴如醉，她的心中有一种说不出的滋味，她觉得自己太惭愧，和继强比起来自己简直是无地自容。是的，学校的环境、老师的态度、老师的要求都是我们无法改变的，但他们对班上的每个同学来说不都是相同的吗？别人学得好，我为什么学不好？别人能行，我为什么不行？我还好意思找借口，找理由，现在想来真是可笑之极。女儿把她刚才的感受和想法不加任何修饰的通通说给我们听，我们真感高兴啊！我有些兴奋地说："太好了，我始终坚信我们的可笑是最强的，自己战胜自己肯定没问题，不就是小小的考试吗？不就是点学习问题吗？只要思想通了，调整好心态，它们通通都不在话下，今后关于考试的结果问题，我们可以不管它，我们只要尽力做好每天的事情，保持一个好的心情，看到自己的点滴进步，每一点进步就是一点成功，要善于为自己的成功感到骄傲和自豪。"女儿把手一拍，站起来说："懂了，看我的吧！"

我最后一次发现女儿的哭，是在她告诉我她查到了她的高考成绩时。那是在二OO五年六月十二日的上午，我突然接到女儿打来的电话："爸爸，我查到了。"女儿急切地对我说。"怎么样？"我问。"和我估的分差距有些大嘞。"她的话里带着哭腔。我的心紧了一下，我努力镇定下来用平缓的声音对她说："不要紧的，你不用难过，任何结果我们都可以接受，反正我们已经充分努力了。"女儿哭着对我说："不是的，是查到的结果比我估的分高出52分。"女儿说不下去了，哭声从电话的那头不停地传了过来。我也有些激动，我为女儿感到高兴。我急忙说："好！好！好！真好！我祝贺你！"

透过孩子的哭，我们能够了解到孩子的内心，在孩子的精神生命特别需要正确关爱的时候，父母或其他关爱孩子的人如果能够确确实实站在孩子的角度，想孩子之所想，急孩子之所急，孩子心灵的大门会向你完全敞开，与孩子沟通、交流，最后找到正确关爱孩子精神生命的好方法就不是一件难事，孩子的精神生命朝着健康、向上的方向发展就会顺理成章。

温馨提示： 在孩子哭的背后其实是孩子精神生命特别需要关爱的时候，如何才能避免溺爱，如何使孩子既勇敢、坚强，又得到心灵的抚慰，这是对父母和其他关爱孩子的人教育思想和智慧的考验。

三、当孩子不听话的时候

到底是什么原因导致孩子不听大人的话？在孩子不听话的背后，他们的精神生命到底有着怎样的需求呢？

一天，爱人接到一个熟人打来的电话："邓老师，我听说你在教育孩子方面很有办法，我想请你无论如何一定帮帮我们，救救我们的儿子，我儿子现在才读小学五年级，我们管不住，老师也无法。现在老师强烈要求我们将儿子转学，我们不知该咋办？请你帮我们想想办法吧！"爱人说："你们先不要急，明天我们到你家了解一下情况再说，行吗？""好。"

第二天正好是星期六休息，我和爱人一道去到这位熟人家。夫妻俩将我们请进了他们家的客厅，儿子正在客厅中摆弄他的东西，见我们来了也没什么反应，他爸爸带着粗声说："还不快请邓老师和叔叔坐，去，泡茶去。"儿子不吭不响的做事去了。

我们坐下后，儿子的妈妈抢着说："真不好意思，麻烦你们大老远的来为我们的儿子费心。"爱人说："你们不用客气，慢慢地说一下情况好吗？"

儿子的妈妈接着说："提起我们不争气的儿子，简直叫人伤透心。凡是认识我儿子的人几乎个个都说他聪明，然而，他就是读不进书，学习成绩一惯都不好，老师们对他本来就十分头痛，这次他居然有将近一个月没交家庭作业。班主任老师非常生气，把我们叫到学校批评后说：'你们的孩子我们实在无法教了，请你们无论如何必须将他转学。'无论我们说什么，老师都不愿意再教我们的儿子。说实在的，我们也很理解老师的苦衷，儿子从小就不听话，很顽皮，他从二、三岁起，经常是我们叫他不要玩的东西，他偏要玩，多少高级的玩具买给他，他玩几天就没了兴趣，要么把它弄坏，要么把它丢掉，可他玩起那些泥巴、砂子、石头等脏东西来是那样的忘记一切。衣服、裤子经常被他弄得又脏、又湿，脸、手脏得象花猫似的。等他大点以后，我们不准他买的东西，他会偷偷去买，叫他少吃那些对身体不好的零食，他总是喜欢吃。老师们都说他脑筋是好用的，就是上课不专心，作业不认真，经常不完成作业，还撒谎。"

儿子的爸爸说："有时，一想起儿子气就不打一处来。从小到大我们不知打过他、训过他多少次，好话也不知说了多少，可好像什么作用都没起似的。我们说什么时间该完成的事情，他总是漫不经心的难以完成；叫他对人要有礼貌，该打招呼的要主动招呼，可他呢，一副不张不理的样子；每天放学回来，都要我们催他做作业，叫他一定要把作业认真做好，可他口头上答应，行动上却是另外一套，所以才出现这样严重的后果。"

听完夫妻二人的讲述，爱人说："你们看这样好不好？让我们先和你们的儿子单独谈一谈，等我们进一步了解情况后再一道商量解决的办法如何？""行。"夫妻两同时答道。儿子的爸爸叫儿子快过来，他们夫妇随即离开。

儿子动作有些迟缓，低着头走到我们身边，爱人伸手拉着他的手请他坐下，然后说："你看爸爸、妈妈讲了半天你的情况，可他们连你的名字都没有告诉我们，你先告诉我们你的名字好不好？""我叫张欣洋。"他声音有点小，但较清楚地回答。"你平时最喜欢玩什么？最喜欢怎样玩？"爱人轻声地问。欣洋把头抬起来看看爱人，又看了看我，然后，顿了顿后慢慢地说："我喜欢上网、看电视、玩游戏、溜滑板车、骑自行车等等。"爱人接着问："我们想听听在你的记忆中，你感觉最高兴、最自豪的几件事情，你能不能给我们讲讲？"欣洋先是有点发愣，然后仰起头，眨眨眼睛开始讲……。

大约过了半小时左右，爱人和欣洋已谈得非常的投机。听他们的交谈，我发现欣洋说话很流利，思维很敏捷，和同龄孩子比起来他知道的东西还相当的多，但他有时想笑而面部肌肉却是绷得紧紧的，明显透露出他比较压抑和心事重重的内心世界。

等欣洋讲得差不多时，爱人说："我发觉你确实聪明，懂的东西真多，我想和你交个朋友，你看行不行？""可以嘛。""那好，既然我们已是朋友了，以后我们除了理解你的玩、分享你玩的成功和喜悦外，我们还应该一道努力把其它该做的事情做好，让爸爸、妈妈和其他关心你的人放心，好不好？"听着爱人温和而诚恳的话语，欣洋看着爱人的脸，答应："好嘛。""那好，现在你能不能把你的课本和最近做的作业拿来我们一道讨论，一道学习，看我们是不是能够共同解决一些问题？"欣洋迅速地拿来了书包，并把他的书和作业放到了爱人面前。

爱人和我认真地翻阅了欣洋做的各科作业，从中我们看到大多数情况确实比较马虎，但并不是全部都不懂或一塌糊涂。爱人提出一些从简单到复杂的问题和欣洋讨论，并时不时的对一些问题装得不懂，请欣洋解答，当欣洋每次解答完毕后，爱人总是不失时机地对欣洋说："可以嘛，不错啊！"或"不错，解答得比我还好嘞！"如果发现欣洋解答得不够好或不对时，爱人就会补充或更正说："我感觉这个问题是不是还应该加上什么、什么 …… "或 " 我觉得这个问题好象应该是这样的，你认为呢？"等等。听了爱人的问话，欣洋总会及时转动脑筋，然后说出自己的想法或赞同地点点头。我感到欣洋完全获得了一种被尊重的舒心。

我们通过几个小时和欣洋的聊天、讨论、交心，对他的生活、学习和其它很多方面的习惯进行了摸底，我们发现欣洋是存在一些缺点和不足，比如：做事较拖拉，缺乏条理；上课凭兴趣，不感兴趣的课，一点也不用心；不很合群等等。但也并不是像他爸爸、妈妈说的那样简直是一无四处，他的优点和长处是很多的。比如：他父母工作太忙常常顾不上他，他经常是独自在家自己照顾自己。他忍性好，有了小伤小痛从不会象有些孩子那样娇气，总是勇敢坚强的自己想办法解决，从不让爸爸、妈妈担心。他记忆力好，思维敏捷，另外，他比较注重父母、老师以及一些好同学的心情和他们对自己的态度，他从心底里在乎他们。因此，我们认为欣洋只要改正一些不良习惯，做一个完全身心健康的孩子是不成问题的，把学习搞上去更是自然的事。随后，我们给欣洋的父母提出几条建议：1、不能再打他。2、要尽量少讲他的缺点和不足，更不能讽刺、挖苦他。3、要坚决放下家长居高临下的架势真正和儿子做朋友，发现他的长处要及时进行肯定和鼓励。4、与孩子商定一些可以达到的明确目标，互相监督执行。5、应用管理的办法，全家人一起商定一些可操作的规章制度，比如作息时间、生活、学习的各种习惯要求等等，共同帮助执行。让孩子在平等，轻松，又有约束与秩序的环境中逐步改正自己的不良习惯。最后，建议他们夫妻俩把新的想法和思路再和欣洋的老师勾通，相信老师是会理解的。

大约过了一个多月，我们又接到欣洋母亲的电话："真感谢你们的帮助啊！欣详现在进步多了，不但学习成绩有了明显的进步，一下懂事多了，还几次得到老师的表扬嘞……"

我们也为欣洋的进步感到高兴，但同时我们又想到了其他更多的孩子，他们正在遭受着类似欣洋前面所遭受的待遇。这些孩子的父母很少看到孩子的优点和长处，嘴上说的，心理想的大多数都是孩子的缺点和不足。他们要孩子服从他们、听他们的话，为他们争气、争光，但却很少想或根本不想孩子的心理在想些什么。他们的精神生命到底需要什么。

在大孩子身上，不听父母话的现象更是时常发生，父母们更感难过、伤心，甚至寒心，他们迫切需要答案，又不知答案在那里。

前不久，我参加一个聚会听到几位母亲谈论自己的孩子。一位母亲说："现在的孩子真是太让人揪心了。我们女儿过去是个既懂事，又听话，学习成绩又好的孩子，不知怎的？自从进了高中以来，慢慢的就象变了个人。高一高二她的学习成绩就大不如以前，可她还算是在认真努力，现在到高三了，眼看高考一天天的逼近，她却不但不努力，反而经常和我们斗气。别的同学早已投入到了紧张的备考中，而她呢？每天回到家中不是上网就是看电视，或是做其它无用的事情。我问她：'怎么不抓紧时间复习？'她说'反正我考大学是没有希望的了，何必再去拼命呢。'我们是干着急，又拿她没办法。说轻了不起作用，说重了又怕她出什么意外。"

另一位母亲说："我儿子更是，都是读初三的人了，整天只知道忙他自己的事情，什么都不会做，什么都不管。那天他爸爸生病要去住院，我叫他和我一道陪他爸爸去，可他说：'你没看到我忙得很，有你去就行了嘛。'仔细想来真没有意思，儿子从小到大我们经常是在担惊受怕中渡日。一会怕他冷、一会怕他饿、怕他不安全、怕他哪里不舒服。担心他的成长、担心他的前途、担心他的心情不好等等，我们真是操碎了心，现在他对我们连最起码的关心都没有。"

第三位母亲接着说："本来我是不太愿意在外面谈论自家孩子的，现在听到你们的话，激起了我的心事，我再也无法忍受了。"这位母亲流着泪带着哭声说:"想起我们的女儿我差点酿成不可挽回的大错。我女儿今年也是读初三,前段时间,我女儿每天回到家里,不是做作业就是背英语、看书,我们想和她说几句话,可除了难得有机会外,她好象根本没有心情和兴趣搭理我们。真不知她的内心在想些什么,我感到非常的着急。经过苦思苦想,我终于有了一个主意,趁女儿不在家时,我打开她的电脑查到了她的QQ号,随后我每天中午和下午在办公室的电脑上伴成一个十六岁的女孩与女儿聊天,经过一段时间的网上交谈,我和女儿成了知心网友。可不巧的是,有一天女儿到办公室去找我,刚好,我出去有事了,女儿在我的电脑中突然发现了这个秘密。天哪!不得了哪!同事告诉我,女儿是哭着跑出办公室的。我吓坏了,赶紧追回家。女儿把自己锁在自己的房间里,任我们怎样解释、怎样说、怎样劝、怎样求她,她都不开门。她吼道:'你骗我吧!你欺骗我的感情吧!'哭声、吼声过去了好长时间之后,女儿的房门还是紧紧的闭着,我的心被提到了嗓子眼。我害怕,我知道女儿性格的倔强,我命令她爸爸把门踢开,门被踢开后,我们发现女儿已直挺挺地躺在床上,我平时用的安眠药的瓶子掉在地上,无疑她已吞下了无数的安眠药。我哭喊着:'快救女儿,快救我们的女儿呀！……'经过抢救，女儿总算脱离了危险，可她不愿和我讲话，也很少和她爸爸说话，我们对她的心思更加捉摸不透了。"

听完几位母亲的诉说，我也联想到了我们女儿的成长。女儿小的时候玩起来也是够野的，和她讲好的事情，她经常忘记，和她约好的时间，她常常不守时。读小学时，有一次老师把我请到学校拿出女儿的数学作业给我看。我一看，不知说什么好，脸上只有苦笑的表情。

女儿把 $45 \div 15$ 的答案打上三个勾，把 15×15 的答案写成 $2=5$，把 25×5 的答案写成 2 等等。老师忍无可忍地说："确实好笑，这样的作业，也叫作业，再不认真管教，加强督促，这样下去怎么得了？"但我心里明白，女儿不是不懂，她只不过是在应付差事，随心所欲吧了。作为父母，以后我们更应该要调整好自己的心态，不要指责、更不要埋怨，要更好的和女儿做朋友，深入她的心，在自然而然中引导她，帮助她。

也许对于女儿的这些表现别人会认为是严重不听话的问题，然而，我们认为这是孩子在成长过程中的正常现象。我和爱人经过磋商，决定采取更具体的办法帮助女儿。首先，在认真做事、守时和讲承信、负责任等方面，我们不但和女儿进行沟通，讲清道理、分析后果、明确女儿以后必须自己承担的相应责任，我们还买来了小闹钟，并和女儿一道商定好作息时间，由她自己掌握执行。上课迟到，作业乱做，以及其它能够做好而没有做好的事情，全由女儿自己承受被批评、被处罚的后果，我们绝不会有丝毫的同情。

其次，在生活方面，我们放手让女儿逐步学会自己管理自己，比如，日常起居、收拾自己的房间，以及可以由自己洗的小衣物等，只要不是生病等特殊情况，我们绝不代替。操作一段时间后，女儿渐渐养成了习惯，对我们也就没有了依赖的想法。

女儿读初中时，也曾经出现过一到家就径直钻进自己的房间做自己事情的情况，有时她的房门上还贴着："请勿打扰"的大纸条。她对我们讲的话明显比过去少，但给同学的电话却很多。我和爱人不急、不躁，经过仔细的观察、分析后认为，这是孩子进入青春"逆反期"（我们不太赞成逆反期的说法，我们认为应该称为特殊期）的普遍现象，在这个时期孩子的心理跟不上生理的发展，再加上学习压力大和强烈的独立欲望，孩子们有很多的困惑和苦衷，这时他们又觉得父母不容易理解自己，因此，他们有意无意的都想摆脱父母。此时，父母如果不调整好自己的心态，多多地理解、体谅他们，不断改进与他们相处的方法，他们很容易和父母产生对立。

明白了情况，找到了原因，我们努力改进和女儿的相处方法。女儿由于是住校学习，每周只能回家一天，女儿回到家里我们有意不谈论学习，更不向她打听学校里的情况，我们只是努力在自然而然中抓住机会和女儿聊天。在轻松随意的聊天中我们尽量讲一些容易让女儿开心、感兴趣的话题和一周来我们所遇到、知道的一些有趣的、新鲜的事。通常女儿在我们的感染和影响下，常常会表现得放松、愉快，于是她会随意地谈论起她在学校的一些事情和她在学校里生活、学习的许多情况，以及她对很多问题的所思、所想。我们感觉女儿除了在学习方面有一定压力外，她的内心是舒展的，她不但具有健康的物质生命，同时也具有很健康的精神生命。

联想完女儿的事，我再回头来想几位母亲的话，我深深地感悟到在孩子不听话、不懂事的背后其实主要是父母们的心态和对待孩子的方法上出了问题，父母们不要动则就指责、埋怨、想不通，要从平时的一点一滴去了解你的孩子，关爱你的孩子。家庭教育是一个系统工程，孩子精神生命的种种感觉，言行的种种表现都与父母有着本质的联系，父母要教育好自己的孩子就必须经常反省自己，努力消除那些影响孩子健康成长的不良言行，同时要透过孩子不听话的表象去发现孩子精神生命向我们呼唤的声音，用我们的爱去及时作出回应。

我们通过观察、分析后发现。当父母们怕孩子不好好地吃饭会影响身体，孩子偏不好好吃饭，这时孩子的精神生命在发出呼唤说："关爱我不等于娇惯我，吃饭满街追着喂，不是爱我，是害我。因为这样很容易助长我们的任性，不通情理，不顾父母和他人的感受。"有人说："教育孩子就是从吃饭开始的。"这是非常有道理的，有时大的孩子也会出现父母把饭菜做好了，三翻五次请他们吃饭，他们不但不来吃，还反感。这时孩子的精神生命在暗中说：爸爸妈妈，请你们理解我们一下，我们知道你们的好意，但我们也许是正忙于我们专心的事，也许是我们的情绪不好或身体不舒服，此时，请你们对我们只作提警或适当的建议，把决定权完全交给我们吧！我们会感到高兴和舒心，同时我们也会尽量照顾好自己。

当父母叫幼小的孩子不要闹，他们偏要闹时，细心的父母很容易发现孩子需要表现自己，他们需要自由的时间和空间；有时孩子是对父母不满而故意对着干，这就需要父母检讨一下自己，是不是自己把孩子管得太严、太死，孩子的精神生命受到了压制，或是过份的放纵孩子，溺爱孩子等等。

当孩子偏要玩父母看来又脏又没有意义的很多东西时，孩子的精神生命在对父母说：爸爸妈妈，你们应该从我们的角度看待我们喜欢玩的东西，也许你们认为没有意思、不好玩的东西，正好是我们倾心和陶醉的东西。比如水对幼小的我们就有很大的吸引力，很多时候我们玩起水来哪怕把身上弄湿、弄脏也再所不惜。有时泥巴砂子常常抓住我们的心，随着我们的长大，一些体育活动、电脑网络、课外书籍等等也会让我们如痴如醉，这就是我们的天性。然而，由于我们知识的贫乏和阅历的欠缺，只凭兴趣、爱好，甚至是冲动不可能分辨清楚哪些是有益我们健康成长、哪些是防碍我们健康成长，甚至是给我们造成伤害的东西，这就需要你们在弄懂我们精神生命的前提下，采取我们愿意接受的方法引导我们。有时也可大胆的让我们受点挫折、摔点跤，让我们在风雨中锻炼成长。

当父母请孩子睡觉，孩子就是不睡觉甚至不耐烦的时候，孩子的精神生命在对父母说：爸爸妈妈，请你们尽量不要陪我们，也不要哄我们，更不要逼和压我们，否则，很容易让我们产生依赖、胆小，或逆来顺受、懦弱，甚至烦躁、怨恨。爸爸、妈妈你们应该尽可能早一点开始培养我们有规律的、独自睡觉的好习惯，这也是锻炼我们独立、坚强好品格的方法。

大的孩子也常常有不愿按照父母的安排、指挥睡觉的时候。这时他们的精神生命在说：请爸爸妈妈不要烦躁，尽可能的理解我们一点，我们可能是有心事、烦恼或是正在做我们认为该完成的事情，或者我们正处于某种兴奋之中。请爸爸妈妈给我们自由，给我们空间，我们感觉你们确实懂得、理解我们，你们的建议我们会听进去的。

当孩子不听父母的教诲和指导，不讲礼貌，见到熟人不张不理时，他们的精神生命在说："爸爸妈妈，请你们不要先入为主，在我们刚想开口和熟人打招呼的那一刻你们为什么老是抢在前面指挥、教导或是批评、训斥我们，这在无形中压制和打击了我们的心，日积月累很容易造成我们这方面情感闸门的关闭，这也是我们一步步变得无视别人，蛮横无理的重要原因之一。

当孩子听不尽父母的意见吃起东西来旁若无人，自己喜欢的东西别人坚决不能碰时，他们的精神生命在说：爸爸妈妈，我们的很多行为从根本上说都是你们播种的结果，是你们经常对我们的特别优待养成了我们以自我为中心，是自我为中心的习惯又造成我们经常忽视别人，不考虑别人的感受。你们关爱我们就应该要从我们做人和我们身心的健康成长出发，尽可能多的给我们提供对你们和对他人作贡献，付出爱心的机会。再具体点说就是，一方面，父母和我们既然都是平等的，你们在照顾我们的同时，一定也要考虑你们自己。另一方面，我们早晚都要长大，都要融入社会，你们对我们不进行特别的优待，能够锻炼我们适应社会、独立自主的能力，以及使我们比较容易平等的与人相处，团结协作也就不会是难事。

总之，孩子从进入小学直至升入高中，甚至大学毕业，他们都会有数不清的不听父母话的情况，就是在每一次不听话的背后其实都隐藏着孩子精神生命对父母或其他关爱他们的人发出的呼唤声，了解、懂得这些呼声，用我们的爱有针对性的去关爱，去回应孩子精神生命的需要，得到及时而正确关爱的精神生命就会朝着良性的、健康向上的方向发展。

温馨提示：用平和的心态去仔细观察、分析孩子不听我们话的真正原因，弄清孩子在不同阶段、不同时期的特点，发现优点、长处及时肯定和鼓励，发现不足，甚至是缺点、错误，对症下药，用耐心、细致的方法对他们进行影响、引导和帮助。切忌打压，避免伤害孩子的精神生命。

四　当孩子提问的时候

如何对待孩子的提问是关系到培养孩子健康心理和良好个性的大问题，您想了解吗？

爱提问题是孩子的天性,大人如何对待孩子的提问将会对孩子的精神生命造成难以估量的不同影响,乃至影响他们的人生。

我家过去邻居的孩子小洁(化名)是个爱提问的孩子,一天,他看见小鸟在他家门前飞来飞去,他问妈妈:"为什么小鸟会飞,我们人为什么不会飞呢?"妈妈说:"傻瓜,小鸟有翅膀,我们人没得嘛。"又有一次,小洁发呆似的看着跑得很快的象长龙一样的火车,他问爸爸妈妈道:"火车的力量为什么会这样大呀?"爸爸说:"这还用问,因为火车头的力气大嘛。"小洁目不转睛地看着爸爸,心里装满了不明白。还有一次,小洁象突然发现什么似的问爸爸:"电视机里为什么会演出那么多各种各样的东西来?"爸爸不耐烦地说:"你成天问来问去,我说不清楚,去问你妈。"妈妈听了说:"等你长大读书以后就知道了。"从那时起,小洁天天盼着长大,盼着上学读书。经过长久的盼望后,小洁终于入学了,过了好一段时间的学习生活后,小洁发现他的很多问题不但没有得到解答,相反还要受到很多严格的管制和要完成很多自己不喜欢的作业,他感到烦躁,感到不安。

一些父母对童年时期孩子的提问起初能够比较有耐心的回答,可当孩子的问题越来越多,他们难以回答或者因为他们的事多，心烦，他们对孩子常常采取敷衍、推诿、甚至不耐烦的态度，孩子不知所以，一次次的将自己的问题咽下、藏起，就在这一次次的冷遇、碰壁中慢慢的没有了积极动脑筋想问题、提问题的热情和冲动，甚至与父母·或其他关爱他们的人暗暗的产生出心理的距离。

还有一些孩子会提出一些让大人为难的问题，有时一些大人会变脸，甚至火冒三丈，让孩子感到困惑、伤心。

我的一位同学在讲她那读学前班的儿子时说："有一天儿子和同学吵架，同学说他是爸爸妈妈睡觉睡出来的。他不动脑筋，回家来用同学骂他的话问我，听了儿子的话我简直哭笑不得，一气之下我给了他一个耳光，并对他说：'别人骂你，你不知道骂他吗？这样难听的话你还好意思来问我，你真是笨死了，你是怎么出来的，你是我和你爸爸在垃圾堆里捡来的，我说你呀，简直是个没出息的笨蛋。'"

听了同学的一番话，我既感到她的可怜，又为她的儿子担心。我可怜她是因为作为母亲她太不懂得孩子的天性、孩子的心，太不了解孩子的精神生命。我们认为，孩子与别人发生矛盾父母应该了解情况，尽可能的帮助孩子化解矛盾，帮助他排除内心的不良反映。若发现孩子性格软弱应在心理上给他鼓劲，若发现孩子有不讲理、霸道，甚至凶恶等倾向应仔细分析原因，及时帮助孩子改正。孩子对母亲信任，他有疑问希望在母亲那里得到答案，而他得到的都是斥责、怪罪和随意践踏。孩子的精神生命怎么会不感到委屈、伤心呢？

有些大一点的孩子有时会提出一些特别的问题，有时他们不但得不到大人的理解和解释，相反还会受到不应有的待遇。

有一个初中学生曾经向我诉说他被老师处罚的一件事情。一次，在上生物课时，他想到了他多次思考过的一个问题，于是他举起了手，老师请他提问。"请问老师，什么叫射精？"话音刚落，教室里轰的一声炸开了锅，只见这位年轻老师的脸红一阵、白一阵，她像受到了莫大的羞辱一样，她大声地喊："给我站到讲台上去。"这个学生在同学的轰笑声、讥讽声和老师的斥责声中站到了讲台边上，经过一节课的反省他始终没有明白自己究竟错在哪里？大家为什么要这样对待自己？

是啊！以上的例子也许算是极个别的典型，绝大多数的孩子可能不会有这样的遭遇，但他们常常会遇到父母或其他关爱他们的人对他们的提问或嘲笑，或轻视，或讽刺，或压制，更多的是直接说出答案，不给孩子思考问题、动脑筋的余地。表面看来，这些做法对孩子没有造成大的或明显的伤害，但如果我们从实质上分析，就会知道长期采取这些做法给孩子精神生命中的怯懦、怕错、惰性，缺乏勇气与创新等等负面的东西提供了温床。我和爱人经过探讨总结认为，在我们的家庭教育中一定要克服这些防碍女儿精神生命健康成长的因素，重视好女儿的提问。

我们的女儿从小不算是很爱提问的孩子，但我至今还记得她向我们提过的很多问题。在女儿三岁时，有一天她问我："爸爸，为什么小孩子都一定要去幼儿园？"我说："我们的女儿很聪明，把你的小脑筋动一下，一定能找到很多答案。"女儿想了想后说："是爸爸妈妈要上班，没有时间在家陪我们 …… 是小朋友要学会和小朋友相处。"女儿停住了话音看着我，我说："很好。还有，你肯定还想得出来的。""还有，还有就是我们小孩子不要太依恋爸爸、妈妈、爷爷、奶奶，要去幼儿园勇敢的锻炼自己。""太好了，我们的女儿太行了，你把我们平时说的道理都记住了，懂得了。"我一边说，一边用手轻轻地摸着女儿的小脑袋瓜，看得出，女儿感到一种美滋滋的快乐。

还有一次，半夜里女儿突然从睡梦中哭醒，我们被惊醒后赶紧去安慰她，妈妈将女儿搂在怀里，一边用手轻轻地拍着她的背，一边温柔地说："不难过，不难过，是不是做了什么恶梦？不要紧的，慢慢的给我们讲讲。"我说：

"做恶梦是人人都会的，镇静一下，一会儿就没事了。"
女儿渐渐的平静下来，她止住哭，擦了擦眼泪后对我们说：
"刚才我在梦中梦到爸爸不知得了什么怪病死了，妈妈和
我伤心地哭啊、哭啊，突然妈妈像是被坏人抓住，她飘浮
着飞呀，飞呀，飞上了天。我哭啊，喊啊，再也没有人理
我，我着急难过，又不知怎么办，只有使劲地哭。"听了
女儿的诉说，我觉得女儿明显的长大了，人生中的一些重
大问题自然引起了她的担忧。

接着，女儿问："人为什么要死呀？外面为什么又会
有那样多的坏人呢？"妈妈说："我们每天看到的公路上的
汽车、铁路上的火车，天上飞的飞机等等，都被通称为机
器，它们由于长时间的使用会出现磨损、老化，或出现意
外，最终报废。人的身体实际上也相当于一台机器，只不
过它比机器复杂得多，但它同样也会由于磨损、老化、衰
败最终走向死亡，有时遇到严重的意外也可能将人的身体
瞬间毁掉。这些都是很自然和很正常的现象，但人和其它
东西不同的是，人有思想，有情感、有理想、有信念等精
神的东西，这些精神的东西就像生命一样可以不断的成
长、壮大，同时它始终支配着我们的一言一行。我们一家
人不但要好好的互敬互爱，开开心心的过生活，同时也要
勇敢的面对生活，无论生活中发生什么样的事情，我们都

要用我们的爱、我们的坚强、我们的勇敢以及我们的思想去战胜各种困难。"

我说:"关于好人和坏人的问题,也不必太担心,因为外面的世界虽然复杂,但毕竟是好人多,只要我们保持必要的警惕,注意保护自己,是不会有多大问题的。女儿说:"我还是怕,怕你们出意外,怕你们离开我。"

让我讲一个故事给你们听好不好?女儿点点头,爱人用信任的目光看着我。

我开始讲:"在一个城市的郊区生长着一个活泼可爱的小男孩,不幸的是,在他三岁时爸爸就因为患了癌症离开了他们。在小男孩的脑海中完全没有爸爸的概念,他的全部依靠就是自己的妈妈。随着小男孩一天天的长大,他对妈妈的喜、怒、哀、乐特别的注意,对妈妈的安全也是特别的担心,然而,他从不感到自己可怜,也不埋怨自己没有爸爸,他早早的就认为自己已经长大应该为妈妈排解忧愁,找到欢乐。因此,他每天总是尽量多做一些能让妈妈感到高兴的事,同时他还会暗暗的保护妈妈。有一次,妈妈带着他乘公共汽车,一个小偷站在妈妈的身后鬼鬼祟祟的几次想伸手偷妈妈裤包里的钱,他发现后马上不动声色地挤到妈妈身后用自己幼小的身子拼命挡住妈妈装钱的裤包,小偷无计可施只好罢手。下车后妈妈明白过来了,好好地夸奖了他。你们说这个小男孩聪明不聪明？勇敢不勇敢？"女儿说："是够聪明的，但肯定是你编的。"我说："这是再真实不过的了，这个小男孩不是别人，正是爸爸我自己。"一家人笑成一团。接着，女儿说："我一定要象爸爸那样勇敢。"

女儿读初中时，有一次她问我们说："我们班要改选班干部，老师号召大家积极报名参加竞选，我到底参不参加呢？我拿不定主意，想听听爸爸、妈妈的意见。"爱人思考片刻后说："假若是我，我想我应该全面考虑，多衡量一下自己的情况，能争取尽量争取，但同时要看到，班干不是花瓶，不是一个简单的称号。要想当好班干，首先要有愿意为大家服务的愿望。其次，是要准备牺牲自己的一些时间和精力，因为要做大量的公益事务，时间、精力是不可缺的。另一方面，当班干可以很好的锻炼自己的能力，只要自己愿意，有信心，时间是可以挤的，精力也是可以调整的。"我接着说："假若当上班干，既要以身作则搞好学习，在其他方面也要给同学作好表率，同时还要注意协调处理好各方面的关系。参不参加竞选不是一个面子问题，它是一个承诺，如果作了承诺就一定要信守。仔细权衡自己的实力很重要，要做好班干部工作，不光是有良好的愿望就行的，它需要有持久的耐心和韧性。当然，耐心和韧性都是可以磨炼出来的，就看我们如何选择。"

后来女儿经过自己的分析、权衡，决定不参加此次班干的竞选。女儿说："就目前来看，我有为大家服务的愿望，也很想锻炼自己各方面的能力，但从自己的实力和时间、精力上考虑，如果我当上了班干，可能不但难以干好工作，还会影响自己进一步搞好学习，还是等以后条件成熟些再争取吧。"我们觉得女儿的分析，思考有她的道理，我们对女儿的决定表示坚决支持。

如何对待孩子提问的问题，一方面是反映父母的教育思想，教育观念的问题，另一方面也是考验父母教育智慧的问题。那种对孩子的提问漠不关心、敷衍、推诿的作法必然打击和挫伤孩子那颗求知、探索、积极向上的心。那种以长者和老前辈自居，总觉得孩子幼稚，考虑问题有欠缺，常常采取说教、指导的方式和直接说出结果的办法教孩子，孩子自由思考问题的权利被他们剥夺得干干净净，同时又压制了孩子独立思考，自己决定和处理问题的能力。在这类教育方式下成长的孩子，要么出现思想惰性，要么变得特别依赖，要么对父母不满出现严重的抵触。孩子的精神生命在一次次的被打击和挫伤中很容易朝着消极、麻木的方向发展，在一次次的否定、说教中感到压抑、憋闷，甚至是痛苦不堪。父母们该醒醒了！

温馨提示：不要总认为孩子年幼、无知，小看孩子的问题，要知道从孩子的提问中我们可以发现他们的精神世界、情趣、爱好等等的情况，孩子健康的精神生命和充满智慧的灵性，以及奋发、向上的动力就在我们好的态度和方法中产生。

五、当孩子要钱的时候

您想到了吗？这是帮助孩子树立正确的金钱观，培养孩子理财能力的好时机。

孩子学会用钱以后常常向父母要钱，这时很多父母一方面痛爱自己的孩子，不忍心看到他们难过的样子，同时也怕孩子在外面没有面子，甚至自卑，因此，就随意的、不断的给钱。另一方面，父母又怕孩子养成大手大脚乱花钱，根本不知理解和体贴父母的坏习惯，又感到烦恼和担心，内心矛盾重重，真不知如何是好？

现实告诉我们，不能小看孩子的要钱，因为从中可以透露出孩子精神生命的很多信息。当今社会是一个商品经济的社会，金钱的作用会早早的反映到孩子的脑海中，孩子不自觉地在用金钱表达他们的许多欲望，因此，如何对待生活、对待学习，如何对待各种人和事自然也容易从孩子对金钱的认识和态度中表现出来，父母和其他关爱孩子的人如果能够注意通过孩子要钱、用钱的各种行为了解孩子的金钱观，从中发现孩子积极向上的品质及时加以肯定与鼓励，同时也注意发现那些不利于孩子健康成长的不良倾向及时进行引导和帮助，这就能够让孩子的精神生命又多一份健康，让孩子一生的幸福和快乐又多一份保障。

一天，我在一个朋友家和很久没有见面的几位朋友聊天，一位朋友说："现在我真为儿子的前途和我们家的命运担忧啊！我儿子今年已是十五岁多的人了，可他从不知道关心、体贴父母，他受他爸爸的影响太深，穿的全都要名牌，吃、喝、玩、乐全都要高档的，现在我们家的经济状况和前几年相比已是两重天，而且还在每况愈下，儿子和他爸爸一个是学习不长进，对吃、喝、玩、乐既在行、又专研。另一个呢？是从小被父母娇惯、花钱如流水，找钱没办法。自从公公病故后，丈夫虽有幸继承他父亲苦心经营了二十年，有近二百多万元资产的五金加工厂，但由于他从小养成的霸道，不尽情理，缺乏意志力和耐心，又特别清高、讲面子，不善于与人交往，因此，才短短二年，五金加工厂就落得关门大吉。最近这几年我们家是活瓢舀死水，没有了经济来源，然而，两父子花钱的习惯不要说从根本上进行改变，就是控制一下，他们马上就会反感。有时我真有点后悔生孩子，甚至觉得结婚成家也是一种错误，一家人要好好的平平静静、开开心心、无忧无虑的生活真是太难了。"

　　另一位朋友接着说:"看来你家再难还是比我家好,因为瘦死的骆驼比马大嘛,我们现在差不多是连马都不如嘞。我们单位本来就不景气,前些时候我生了很长时间的病,花光了家里的积储,现在只能病退在家,而我那位呢?工作不正常,干活是有一天无一天,一家人每月才两千多元收入,这日子真不知怎么过下去。十几岁的女儿不懂事,家里都成这样了,可她还经常逼着我们给她钱到外面绷面子。学校里不管什么活动她都要参加,别的同学有什么她也要什么,不然就觉得自己低下,无法和人相处。我们怕伤害她,只好想方设法满足她,但有时她有意无意的还责怪、埋怨我们,真叫人伤心啊!"

　　听了两位朋友的心声,我真想大声地对她们说:孩子的这些表现,其中的主要原因就是我们父母或其他关爱孩子的人忽视了对孩子从小进行正确的金钱观教育所致啊!现在的时代是一个拜金主义、享乐主义盛行的时代,父母们要想自己的孩子不被金钱击倒,首先自己对金钱必须要有一个正确而清晰的认识,也就是要有良好的金钱观,同时在生活中要把握好自己,要为孩子作表率。其次,在对孩子进行有形、无形影响的同时要向孩子传授有关金钱本身的诸多知识,要注意培养孩子的理财能力。这样,被正确金钱观武装起来，再加上具有较强理财能力的孩子，他们今后不但会找钱、用钱，更重要的他们会有爱心，会关心、体贴他人，他们懂得钱不是唯一重要的东西，在金钱之外人们还有很多更有大价值和意义，值得我们去努力，去追求的东西。

就拿现实中人们普遍认为的：钱不是万能的，但没有钱是万万不能的道理来说，这其中既包含了人们对金钱能量本身的看法，同时又反映出了人们对金钱以外，尤其是人们对精神世界中很多重要问题的理解。的确，在商品经济的时代，差不多所有的东西都成为了商品，几乎是样样都可以用金钱去衡量，人们在这个时代生活没有金钱确实是会陷入万万不能的境地，但不是因为金钱的重要我们就一定要金钱当头，利益至上，唯利是图，甚至做金钱的奴隶。因为一个人一生真正的幸福和快乐是无法用金钱去衡量的，也不是利益的多少可以代替的，这其中更多的是人性的很多最本质的特点决定的，比如：人的精神追求中那些不愿被金钱、利益所左右和控制的部份，如：亲情、友情、爱情，以及个人认为值得和愿意的努力、奉献等等。因此，我们认为这就是正确的金钱观应涵盖的主要内容。

我们对自己女儿进行金钱方面的教育就是围绕以上的观点展开的。在女儿小的时候每当女儿向我们要钱时，我们常常抓住女儿为了得到钱愿意开动脑筋的时机，向女儿提出一些有关金钱方面的问题，请女儿回答或思考。记得女儿三岁多时第一次正式向我们要钱买东西吃。我问她："你为什么要钱？""我要钱买糖吃。""很好，我们的女儿知道用钱了，现在爸爸告诉你，钱不但能买糖和其它吃的，还能买玩的、穿的、用的……好多，好多的东西，但是，请我们女儿记住，钱又是一个不能乱要和乱用的东西。因为钱就像吸铁石一样，稍不小心它就会把你吸到用很多心思去想怎么得到它，然后如何用它达到自己舒服、安逸、高兴的目的，这样下去你很可能变得除了想钱的事情以外，其它很多的事情都不愿想，更不愿做。我们的女儿愿不愿意做这样的人呢？"女儿挺认真的回答："不愿意。那以后我不要钱了。"我说："不对，不乱要钱，不等于就不要钱，只要是我们确实需要的东西，该买的要买，该用的要用，小孩子要慢慢学会认识什么是乱花钱，什么是合理用钱，逐步学会把握自己，控制自己不合适的欲望。"我想，我讲的这些话，女儿当时肯定有很多都是不懂的，但我觉得对孩子进行金钱方面的教育应该从孩子知道用钱的时候就开始，随着女儿的逐渐长大，在我们的不断强化下，我讲的这些道理她慢慢的就理解了。

伴随着女儿的长大，我们一方面不失时机的继续深入用我们的金钱观去影响她,让她逐步理解和懂得人生真正的幸福和快乐是什么,另一方面,着手培养她的理财能力。

从那时起,我们和女儿商定每隔一段时间,我们给她一个固定数额的钱由女儿自由支配,在商定的时间内钱用完了我们不追加一分钱,节约下来的钱全部归女儿自己。起初每三天给二角钱,经几个月的实践后变为每三天给四角钱。到女儿读小学 1-3 年级时,每周给 1.5 元,小学三年级起每周给 2 元,小学四年级起每周给 3 元。经过初中之前的培养和锻炼女儿不但懂得了金钱不是随意就可以得来的,自己用的钱是爸爸、妈妈通过辛苦工作挣来的。在钱的使用方面必须要学会调控自己的欲望,尽量做到有计划的使用,可以不花的钱就不花,可以少花的钱就要少花,把自己的理想、追求投入到有益的兴趣、爱好上去。同时也渐渐认识和懂得金钱自身的一些知识,如:节余的钱不但可以累积起来办大一点的事情,还可以进行储蓄生息等等。同时,我们抓住时机逐步向女儿介绍一些简单的投资、理财知识,让她慢慢建立起这方面的意识。

进入初中,由于女儿是住校,自己的生活、学习完全由自己料理,除学校要收的大笔钱和其它难以预料的开支外,我们以月为单位每次都请女儿自己预算好下月应该开支的各种费用后,从家里一次性把所需的钱拿走,完全由女儿按自己的计划自由支配。

高中阶段，由于女儿是自己居住，独立生活。在金钱的使用上，每月除了基本开支同初中一样外，又增加了一项和我们商定的服装费。刚满十七岁的女儿进入大学后，她每一学期所需的开支由她到银行一次性划走，给我们说一声就行，但女儿从不会多拿家里的钱，或中途再向我们要钱。我们感觉，受到培养和锻炼的女儿在对金钱的问题上，既知道金钱的重要，又懂得它的弊、害；既知道金钱往往来之不易，同时也懂得人不能做金钱的奴隶；人不能为金钱而活，要让金钱为人服务。女儿花起钱来心中有数，从未感到过不自由或压抑，心情始终是舒畅的，同时她又总是会有计划、有节制的使用钱，从不会因为我们给她的宽松政策而乱花钱，她的内心始终充满着自信。我们也感到实实在在的放心。

我们从对自己女儿在金钱方面影响、培养的过程中感悟到，当孩子向父母要钱的时候，往往是孩子精神生命诸多渴求集中反映的时候，父母应当抓住这个时机对孩子的思想、心理、个性、习惯、欲望等等进行分析、了解，以便不失时机地采取合适的方式、方法对孩子进行影响和培养。也许有人会说：我们的孩子根本不可能象你们女儿那样，假如我们真的定期给他一笔相对大的钱，他肯定很快就把它花光，甚至带来更坏的结果。是的，由于每个孩子的性格、习惯、所处环境等等的不同，在教育、培养的方法上不能强求一样，但只要我们父母注意从自身做起，以信任孩子为基础，逐步影响、培养他们既知道金钱的功用，又不特别看重钱，懂得人生真正幸福和快乐的含意。这就达到了我们对孩子进行金钱教育的目的。孩子有了正确的金钱观，同时又对金钱的知识有所了解和懂得，他们的精神生命在金钱方面的渴求自然会找到合适的慰籍和超越金钱的满足。

温馨提示：一个人一生是否幸福和快乐，他精神生命的质量如何，可以说他的金钱观扮演着很重要的角色。要想自己的孩子具有正确而优良的金钱观，作为父母和其他关爱孩子的人们就必须要对金钱有正确的认识、对金钱的功用有一个好的度的掌控。

六、当孩子说谎的时候

孩子为什么要说谎？面对孩子的谎言，您是怎样做的呢？在这背后孩子的精神生命有着怎样的需求呢？

可以说，几乎所有的孩子都有过说谎的时候。人们从孩子的谎言举动中其实不难发现孩子精神生命的需求。一些父母或其他关爱孩子的人抓住了这些需求，用正确的关爱去给予满足，孩子的谎言逐渐减少，甚至很快就消失得无影无踪。而另一些父母或其他关爱孩子的人呢，他们在孩子的谎言面前经常忽略，甚至视而不见孩子精神生命的需要，因此，他们常常怪罪、责骂，甚至用粗暴的方法对待孩子，孩子除了谎言加谎言外，他们的精神生命更多的只有在痛苦中挣扎。

一天，我到一个朋友家办事。一走进他们家看见朋友铁青着脸，朋友的妻子坐在沙发上一言不发，他们十二岁的儿子站在客厅的一个角落里默默的发呆。紧张、凝重的空气顿时压到我身上，我很不自在地问："怎么？不欢迎我啊？"朋友这才回过神来说："你不要介意，是我们这个臭小子让我们太生气了，他居然两天没上课，我们还被他蒙在鼓里，他天天对我们说他一切正常，说他作业也是做好了的，各方面表现都还可以，可今天他们老师把我们叫去，我们才知道他最近的真相。为了一个离家出走的同学，他居然放弃学习，两天没到学校上课，还理由充足地说是为了友情、讲义气。因为他是去照顾那个被父母打后跑出门，在外面摔倒受了伤的同学。他说他一边照顾这个同学，一边劝他回家。我们整天累死累活的工作，不就是为了给他创造好的条件，希望他好好学习，将来有出息吗？照这样下去，他对得起谁，连他自己都对不起。"

看得出朋友夫妇确实是非常的生气，他们对儿子可以说是恨铁不成钢。我清楚朋友夫妇是在一家工厂工作，由于社会竞争的激烈，他们深深的体会到工作的压力和生活的艰辛，他们希望自己的孩子能好好地学习，将来生活得比他们好，同时也为他们争光，因此，他们对儿子的管教是尽量的严格，是非常的尽心。孩子在他们的管束下，表面看上去十分的乖巧听话，但内心中却充满着许多需要迸发的东西，儿子小的时候对父母是既爱同时又有着一种惧怕感。随着儿子的逐渐长大，他的心中由惧怕慢慢地转化成对父母的反感和抵触。还记得有一次我到他们家，刚好碰见他们儿子放学回来，儿子把书包放下刚想做点自己想做的事情，朋友脸一沉说："你不抓紧时间做学习上的事，你又想干什么？"儿子说："今天作业不多，我一会就会完成的。"父亲说："作业不多，你不会多复习、预习，或自己找点课外资料来看一看吗？"儿子一副无奈的样子，但对爸爸的话又无力反抗，他带着满脸的愁容慢慢地走进了自己的房间……

难怪现在朋友夫妇这样生气，据他们说，儿子已是很多次对他们说谎了，他们虽是又气又恨，但又找不到什么好办法，真不知如何是好。我在劝他们消消气的同时我的内心很不平静。我想，现在有不少的孩子其实是太可怜、太值得同情，太需要精神上的关爱了。孩子们在不愁吃、不愁穿，享受着优越物质生活的"幸福"笼罩下，他们身心自由的空间是那样的狭小，而且还在不断的被挤压。孩子的心中很多真实的想法根本不敢透露，更不能释放，因此，撒谎往往就成为他们无奈的选择。可悲的是很多父母看不到、想不到，或根本就不去想这些，他们只是一味的怪孩子，孩子在物质生命不断强健的同时，精神生命却变得越来越衰弱。

想到这里，我把朋友叫出门去对他说："冷静、冷静。你想过没有，孩子到底为什么要对你们说谎？为什么不对你们说心里话？根本原因是什么？有没有你们的责任？"朋友愣住了，半晌说不出话来。我接着说："我们做父母的在教育孩子的问题上，我觉得不应只顾自己的感受，更重要的是要站在孩子的角度上多想想他们的心。一些父母只知道自己的辛苦，就没有去想现在的孩子小小年纪他们要承受来至同学、老师、学校、社会等等许多方面的压力，他们的精神生命处于紧张与不安之中。我们做父母的如果不设身处地的从他们的角度出发，考虑、理解他们的天性、他们的心情、他们的感受、他们的需求、他们的所思所想，我们根本不可能读懂他们。读不懂他们，也就理解不了他们，我们和他们就难以和谐、融洽，他们的心扉就不可能向我们敞开。"朋友说："不是我们不为儿子作想，不想理解他，实在是他太不懂事了。我和他妈为了他可以说别人不愿干的事情我们干；别人不能忍的歧视和压力我们忍，我们什么都愿意付出，我们唯一的希望就要他好好地学习，将来能有出息，可他怎么就不理解我们的一片苦心呢？"

我沉思片刻后对朋友说："看来你们在关爱、教育儿子的方式、方法上可能是有一些问题，比如说：你们一发现儿子说谎，是不是不作深入细致的了解和分析就火冒三丈、大发雷霆、凶神恶煞的对待儿子，甚至对儿子进行羞辱、打骂。"听到这些朋友低着头、半天说不出话来，当他慢慢抬起头来时，眼睛红红的浸满了泪水。朋友用非常低沉的声音说："你讲的这些，确实都是我们家的情景，但我们是不得已而为之啊！"我说："不要再找借口了，如果你们确实想要儿子健康、幸福、快乐的成长，你们必须要先从自己做起，纠正过去不好的方式、方法，象这次你儿子的撒谎，我觉得，首先你们应该看到儿子之所以撒谎，其实是对你们有畏惧感，而这种畏惧感的产生往往都是平时你们对他所采取的凶、严、卡、压等等不合适的方式所至，从现在起你们必须要检讨自己的做法，赶快加以改正。

其次，你们应该肯定儿子行为中对同学、朋友的爱心与关心，然后给儿子讲明背着父母、老师私自处理类似问题的不利之处，以及违反校纪校规的不对。我想儿子一定会愉快接受的，他同时也会总结经验处理好今后的类似问题，因为你儿子是很聪明的。今后如果你们能经常采取这样的方式、方法，我相信儿子还会逐渐和你们交心，他还有必要撒谎吗？"朋友说："你说得很有道理，看来我们的很多做法必须要改进，以后我们一定要好好的多学习，你以后有空多来帮帮我们。"我说："只要有可能，我们一道学习、研究。"

是的，一些父母和其他关爱孩子的人是应该好好学习，改进他们对孩子的关爱和培养、教育的方法。从表面看孩子说谎好像都是一样的，但如果稍加分析就会发现他们说谎的原因是多种多样的，有的为了掩盖自己的过失，推卸责任而说谎；有的做了不好的事情或犯了错误怕老师、父母批评、斥责，甚至是打骂而说谎；有的为了达到自己的某种目的欺骗别人而说谎；也有的为了保护别人，不给父母和他人带来麻烦，甚至痛苦而说谎等等。总之，一种是恶意的说谎，一种是善意的说谎，而此时孩子的精神生命都迫切需要父母和其他关爱他们的人的正确关爱，假若此时父母和其他关爱孩子的人不加分析，不区别对待，一味采取指责、批评、处罚、打骂等等方法对待孩子的说谎行为，孩子恶意的撒谎很可能会越来越多，谎言会越撒越大，孩子纯真、善良、具有爱心的一面会被扼杀、埋没，等到问题严重之时，悔之晚矣。

我们的女儿也有过说谎的时候。记得女儿在读小学三年级时，一天中午吃完饭后她对我们说："今天下午我们班要排练文艺节目，老师叫我们早点去学校。"妈妈说："那你不要洗碗了，早点去吧。"女儿高兴地走了。下午六点过了我们还不见女儿的踪影，她妈妈向同学一了解，原来她们班下午根本就没有排练文艺节目的事情。

女儿回来后我们就象什么事都没有发生一样，晚上等一家人忙完了所有的事闲下来时，我用聊天的口气问女儿："可笑（女儿的昵称），你感觉爸爸、妈妈是不是有什么事对你苛刻了。""没有"女儿含笑着说。"我们是不是对你过于严格呢？""也没有。""那我们是不是有那些事情做得让你不开心呢？""没觉得 "女儿不好意思地笑了笑。然后说："我明白了。本来今天下午的事一开始我就想和你们讲清楚的，因为今天下午学校没有事，正好今天是我们班李清琼（化名）同学的生日，我们几个同学约好到她家去给她过生日，大家都怕家长反对，所以约好一致说班里要搞文艺节目排练，这样可以保证下午的活动成功。其实现在我很后悔，以后我再也不会对你们说谎了。"我说："行，明白就好了。"

女儿没有惧怕、压抑的感觉，也没有对我们的不满或因我们使她不愉快，这是我们希望看到的，那时女儿完全就是这种感觉。试想，一个孩子处在没有惧怕、没有顾虑、内心舒展、精神舒畅的境况中，他的精神生命岂有痛苦、不健康之理，说谎对于他们来说就是一件完全没有必要的事情。可惜，现在有不少的孩子他们的成长就缺乏这样的环境，他们父母和其他关爱他们的人正在用爱威协、恐吓、压制、打击着他们，他们精神生命的藤在一点点的枯萎，精神生命的根在慢慢的死去。这是值得我们父母和其他关爱孩子的人反思的事情。

温馨提示： 面对孩子的说谎，父母和其他关爱孩子的人应该更多的检查自己的言、行，反省自己对待孩子的方式、方法，看看是否是制造了不平等，是否是对他们不够懂得和理解，是否是在无意中打击和伤害了他们的精神生命。

七、当孩子向你倾诉的时候

您是怎样对待孩子的倾诉的？您知道在孩子向您倾诉的时候，他们的精神生命需要怎样的关爱吗？

我们社区里有一个孩子叫张万明（化名），年龄十岁多一点。一天，他在放学回家的路上遇见两个小女孩把羽毛球打落到了旁边的一间小房子上。两个小女孩正在傻眼着急之际，小万明走过去说："你们回家去拿两个大凳子来，于是两个女孩赶紧跑到其中一家去搬来了两个大方凳，小万明将两个方凳摆好，又在不远处找来了一根木棍，他小心地爬到凳子上用棍子把羽毛球挑了下来。女孩们高兴地谢谢万明，万明由衷地感到一种愉快和自豪。

回到家里，万明一见妈妈就迫不及待的将刚才的事讲给妈妈听，本想妈妈一定会为自己感到骄傲，说不定还会表扬自己几句嘞。谁知妈妈听后板着脸说："傻瓜，她们打落的羽毛球，她们不会去找她们家的大人想办法，要你去充能，假若你从凳子上摔了下来，摔伤了怎么办？以后不要这样傻了。"听了妈妈的话，小万明不知说什么好，一阵阵难受的感觉紧紧地压住自己的心。

万明的妈妈用她的爱保护着自己的孩子，可正是这种爱伤害着孩子那颗助人为乐的心，在这种伤害面前孩子辨不清方向，很可能从此就朝着自私、狭隘、损人利己的方向发展。

甘瑶（化名）是我一个远房的侄子，小时候他表现得特别聪明、伶俐，不管什么事情只要在他的面前说一遍，他就会记得清清楚楚。他那灵巧的小嘴时常会和大人说许多幽默、俏皮的话。读书后，在小学阶段他的成绩一直不错，每个学期结束，不是得到老师的好评，就是收到一些小奖品，一家人的脸上因此总是挂着开心的笑。然而，随着时间的推移在甘瑶的心中一些难以摆脱的苦恼和无以言状的痛苦不断折磨和吞食着他那颗希望进取的心。

甘瑶的爸爸靠给别人干活挣钱，妈妈开了一家小饮食店，为了生活他们几乎天天都在忙。甘瑶每天放学回家，家里都是空荡荡的，看着家里的各种物品，身处在静静的家里，想着自己在学校和外面的许多事情，聪明的甘瑶经常觉得自己有很多的心事想和爸爸、妈妈讲，他有不少的难题需要爸爸妈妈帮助。晚上爸爸、妈妈回到家里常常显得很累，有时甚至是筋疲力尽的样子，甘瑶刚想抓紧时间和他们讲些自己的事情，可他们总是心不在焉或烦躁的样子，渐渐的甘瑶觉得自己好像成了一个多余的人。

进入初中后，甘瑶的话越来越少，学习成绩逐渐下降，到初二下学期时，他听课像是坐飞机，他从心底里一点都不想上课，感觉到去学校是一种痛苦。甘瑶迷上了电脑网络，他整天整天地泡在网吧里，爸爸、妈妈苦口婆心好话说尽，可他怎么也听不进去，爸爸、妈妈把教育他的方法升级为打、骂，还是无济于事，父母又怕再逼急了儿子会做出什么极端的事情来，只好由着他，但一边是为了儿子和生计而奔忙，一边又为儿子担忧，经常是寝食难安。

　　现在有一部份家长错误的认为家庭教育没有可学的东西，对孩子的教育只需跟着感觉走就行。他们对孩子想怎么说就怎么说，想怎么做就怎么做，他们忽视孩子的个性、特点，秉承很多传统的、社会上通行的、约定俗成的教子方法去管教孩子，或者把教育孩子的责任推给幼儿园和学校，把孩子成材的希望完全寄托在老师的身上。可令他们想不到的是孩子成长到一定时候问题出来了，他们不知所措，他们有的后悔，有的焦急，有的气急败坏，也有的病急乱投医。其实，我们认为，家庭教育是一项繁杂而系统的工程，父母要想自己的孩子健康成长，成为有用之材，就应该从平时的一点一滴做起，放下架子，用心倾听孩子的心声，努力找到和孩子的共鸣，这才可能走进孩子的心灵，父母如能走进孩子的心灵就比较容易发现孩子在成长中的各种问题，从而找到解决这些问题的好办法。父母如果忽视孩子的倾诉，往往就会很难了解甚至根本不了解、不懂得孩子的心声，孩子情感的大门很可能就会渐渐的对你们关闭，这时孩子的内心就会象一个充涨气的气球，要么找地方出气，要么爆炸毁灭自己。

　　我们家有个习惯，为了有一个平等、和谐、轻松、自由的家庭环境，在家里我们一家三口可以不分大小，不分彼此，想说什么就说什么，想做什么就做什么，把忌讳和顾虑统统丢掉。女儿小的时候经常做一些可笑的动作、表情，因此，我们把她亲昵地叫做"可笑"。我的小名中有个"发"字，女儿喊我叫"可发"。我们一道把她妈妈叫做"可妈"。这样，我们家就成了"三可"之家。可笑经常和我们"疯"、"打"，一有机会我们就在一起"聊天"、"吹牛"、开玩笑。我们向可笑讲我们的工作，我们的经历，我们对各种事物的认识、看法和感受，一家人在不断的"聊"、"吹"、笑的过程中彼此之间经常是情感完全融合在一起，没有任何的心理距离。由于气氛的和谐，感情的融洽，女儿心里的想法从不对我们隐瞒，她在生活、学习中遇到什么难题也会及时提出来和我们探讨，我们对女儿的心思、情绪也能知道得比较清楚。

每当女儿把她所遇到的苦闷、烦心的事讲给我们听时，我们的做法是，不直接教她、指导她怎样去做，而只表示对她的理解和懂得，或简单地谈谈我们的认识、看法让她作参考，再请她自己去想，自己去排解，自己找出处理的办法。有时她实在想要我们给她答案，我们也只是给她一定的建议。在女儿思考、寻找办法的过程中我们想方设法寻找契机对她进行肯定和鼓励。

记得女儿在读初一的时候，有一次，她带着愤怒、伤感的口气对我们说："最近一些别有用心的人说我们有不良行为，甚至怀疑我们在早恋。不就是因为我们很要好的同学中有几个是男生吗？更可怕的是，有的老师不问青红皂白的还在班上作不点名的警告，真叫人生气和寒心。"讲到这里女儿的眼睛湿润了，"难道男女同学多一点正常的交往就不行吗？"女儿愤怒地问道。

听了女儿的话，我们感觉女儿正被男女同学交往的问题所困挠，同时外部的环境有对她的心灵带来伤害的危险，此时，我们一方面不能等闲视之，另一方面又不能感情用事、心急盲动。我和爱人作了短暂的对视，爱人思索了一会后说："我给你们摆一个真实的故事。"

"在我过去任教的学校里，有一个初一女学生叫陈金霞（化名），她的学习成绩在班上一直是名列前茅的，然而，她的性格温柔而内向，脑海里有什么想法总是闷在心里苦思、苦想，找答案，同学和老师很难听到她提什么要求和发表什么见解，在我们大家的印象中她是那样静静地理解别人，帮助别人，学习上默默地刻苦努力，可万万没有想到的是那年深秋的一天晚上，她在自己的枕头下给爸爸、妈妈写下一份遗书后，自己跳进了离她家不远的大河中，等人们发现时已经太晚了，她那花一样的生命再也无法挽回。她妈妈看着她的遗书哭得一次次的昏过去，她爸爸经过一阵锤胸顿足后陷入阵阵的恍惚之中。听到噩耗的我们立即到她家里对她的爸爸、妈妈进行安慰。几个老师传阅了陈金霞的遗书，我看到：

我真不懂的爸、妈：

人们说世上最亲、最值得爱的是爸爸妈妈，我原来确实是这种感觉，可现在呢？……不知道，不知道……我禁不住的眼泪正在表达我的心，我的情。

自从妈妈偷看了我的日记讲给爸爸听后，爸爸控制不住自己也看了我的日记，我就成了你们的罪人，成了你们讲过的那种"地、富、反、坏、右"。妈妈怕我陷入爱河不能自拔毁了自己，给我规定了严格的交友纪律，爸爸怕我被异性所害给我规定了每天严格的活动时间。昨天因学校有事我又一次违反了你们的规定，你们对我的盘查和审问远远胜过前几次。现在我再也无法忍受了，我痛苦、伤心得不到你们的理解和同情，反怪我没有出息，我觉得其实被打骂都不可怕，可怕的是连亲人都不相信自己。

是的，我是从心底里喜欢我们班里的那个男生，但这仅仅是喜欢，是好感而已，我是用笔抒发了很多爱他的话，但我并没有做什么让父母丢脸的事，更没有和他有什么越轨的行为。他对我除了好同学关系以外，再没有任何的东西，可是不管我怎么向你们解释，你们就是不信，我那该死的日记已经成为我的罪证，我是跳进黄河也洗不清。现在我再也无话可说，因为那确实是我喜欢一个男生的内心独白，是我在没有地方诉说，也不敢向任何人诉说的情况下自作自受的罪过。

爸爸、妈妈，我知道学习的重要，我知道在生活的方面我该怎么做，同时我知道你们是爱我，是保护我，但这种爱、这种保护让我受不了，让我抬不起头。昨天，你们对我那严格的再次盘查、审问，已将我的自尊心和对未来的希望彻底埋葬，在这黑暗、寂静的夜晚，我和我的心就像窗外那随风飘落的树叶，它们是那样的任风摆布，那样的无助，那样的凄凉，等待它们的命运就是慢慢在折磨中将自己化为泥土。

这个世界太可怕，这个世界太痛苦，既然早晚都是泥土，我又为什么要一天、一天的承受这无穷无尽的痛苦和折磨呢？

爸、妈，你们不要难过，千万保重，就当没生过我这不争气的女儿吧！

金霞

一九九六年十月十一日　深夜

陈金霞走了，人们再悲伤、再难过也无济于事，一个个严肃而复杂的问题需要人们认真、深刻地反思。如何理解、懂得异性孩子之间的交往？父母和其他关爱孩子的人们如何帮助青春期的孩子走出各种困境？作为处在青春特殊期的孩子如何更好的学会与父母、老师、同学、朋友等等的交往、勾通？如何避免误会、避免自我封闭？父母对孩子既不能过多的干涉，管得过死，同时又不能熟视无睹，放任自流，这个分寸、这个度怎样把握？以及如何让孩子打开心门和父母做朋友？这些问题急待我们去研究、去探讨、去找到答案，再不能让陈金霞似的悲剧重演了。"

讲到这里，妈妈将不断流淌的眼泪擦干，然后慎定片刻后继续说："说句实在话，每次听到我们的女儿积极主动地把心事告诉我们，我和爸爸的心里都有一种获得极大安慰的感觉，我们特别自豪的是，女儿不是完全把我们当父母，而是把我们当成知心朋友，看到女儿没有压抑、精神爽朗、充满快乐的样子我们觉得这就是我们做爸爸、妈妈的巨大成功，其它的还有必要去苛求吗？"女儿说："现在象陈金霞父母那样的人大有人在，我为有你们这样的父母感到很幸运，很骄傲，很幸福。然而，话又说回来，理解归理解，而男女同学相处的烦恼问题最终还是存在的，只要男女生在一起相处，各种奇怪的眼神和讽刺语言免不了就会向我们袭来。"我说："在人的一生中要经受各种各样的、无数次的锻炼和考验，就把那些眼睛和嘴巴当成锻炼自己的工具，你觉得如何？只要自己行得正，做得有理，别人爱怎么看就大大方方的让他看，别人爱怎么说就大大方方的让他去说。要知道，装聋作哑有时也是一种美德。"妈妈说："不要紧的，我们也是这样过来的，慢慢平静下来，把心态调整好就没事了。""那，我就努力适应吧！"女儿坚定地说。

女儿进入初二下学期后，很多同学都在开始为一年后的中考作紧张的准备。有的补习英语，有的补习数、理、化，有的请家教，更多的同学是参加校内的补习班。对于从未参加过补习的女儿来说此时有些坐不住了，回到家里她把她的心事向我们全盘托出。女儿说："我读书以来从未进行过任何专门的补课，现在中考一步步逼近，别的同学都在利用各种渠道进行补习，我很担心要不了多久，别人都跑到我的前面去了，到时，我再追就为时已晚，因此，现在我很想参加一两个补习班进行补习，以便尽快地提高自己。"看到女儿认真、严肃的表情，听完女儿发自肺腑的声音，我感到我和爱人达成共识的，孩子最好不要进行课外专门补习的学习方式正在受到外界强大势力的挑战。看得出爱人也有同感，我对女儿说："还是让我们一道来想想参不参加课外补习的利、弊吧。首先，我们应该从时间、精力上进行考虑。你看，现在你们每天的时间除了用在上课、休息以外，剩下的还有多少时间。我看，到晚上十一点钟睡觉，大约也只有五、六个小时，这其中再除去吃晚饭的时间和其它零星的时间，满打满算就只有三、四个小时，在这三、四个小时中本来用于完成当天作业、复习、预习，学一点课外的东西和进行适当的休息，以及搞一点适当的娱乐活动，放松、调节身心都是够紧张的。如果进行补课，一般情况下至少要花掉两个小时左右的时间，那前面的紧张就变成了超级紧张与疲惫，在这样的状态下，学习的质量和效果肯定是可想而知的。其次，我们再看看那些进行补课的同学，有些完全是从众，赶时髦，结果是疲于奔命，收效甚微，甚至影响正常的上课学习。真正效果好的少之又少。另外，我们再想想补课之风给人们的心理、精神造成的影响。有个别的老师为了挣钱为了突出补课的效果，在上正课时故意留下一些关键的、重要的地方不讲，冷落不找自己补课的学生，这实在是一种丧失道德和良知的表现，好在我们的女儿没有碰到这种情况，假若碰到这种情况我们一定要团结其他的家长和同学觉悟起来向校方和有关部门反映，坚决抵制这种不良做法保护好孩子，否则，姑息迁就既害自己、又害大家。还有，就是一些学生因为有地方补课，上正课不专心听讲，把希望寄托在补课老师身上，实在是本末倒置，是教育资料的浪费。再就是一些经济较困难的家庭，由于孩子的补课更让家里雪上加霜。"听完我的话，女儿若有所思地说："现在我算彻底明白了，以后我再不会提补课的事了，我要尽量用好现有的资源把学习搞上去。"妈妈补充说："学习故然重要，但精神愉快，身体健康更重要，我的理解是作为学生不能把自己套牢在书本上，人生要学习和体验的东西非常之多，幸福和快乐才是根本，我们不用去和别人攀比，该做的事情尽到我们的努力，至于结果尽量不去想它，你们说对不对？"我和女儿齐声说："对。"

2005年5月在女儿面临高考之际，很多考生的家长都在急着为自己的孩子考虑报考什么学校和什么专业而大动脑筋，我和爱人没有一点反映。女儿在紧张备考的同时，也受着如何选学校和专业的困扰。一天，女儿回到家里对我们说："现在备战高考几乎到了白热化的程度，看着别人有条不紊的进行复习，我呢？经常受到怎样确定自己报考目标的困扰。从几次模拟考试的情况来看，我感觉我前面确定的目标不可能实现了，必须重新确定新的目标，可眼下我不可能有时间、精力来考虑这些问题，我又决不愿向其他同学那样把这个问题完全推给家长去考虑、去定。我究竟该怎样做？实在是令我烦恼。"

听完女儿的倾诉，看到女儿一筹莫展的样子，爱人用唱戏似的、拖长声音的语言对女儿说："你的处境和心情我们深表理解，现在的冲刺已经就像鏖战，不料又再来一个烦心事，这不是把人往绝路上逼吗？"女儿和我都笑了，女儿有些轻松地说："我懂可妈的意思，我知道这也是对我的一种特殊考验，我再把心态好好地调整、调整。现在心事倒出来了，心情确实好多了。"我说："根据目前的情况，我提一点小小的建议，你们看行不行？我现在先根据可笑平时和几次模拟考试的成绩情况，再结合可笑的兴趣、爱好，利用电脑网络等渠道尽量多搜集有关高校及相关专业的信息资料，待可笑高考完毕后我们再一道进行分析、研究，最后由可笑选择决定填报自愿，好不好？"可笑高兴地说："好！这样我肯定就能静下心来了。"可妈说："那就这样做吧。"

我们一家人各自发表自己的见解，在轻松、和谐和时常伴有开心的笑声中将女儿的心事赶到了九霄云外，女儿的自信心再次增强，她的精神生命在我们的关爱下又通过了一次锻炼和考验。

当孩子向父母倾诉的时候，我们感到这往往就是孩子的精神生命特别需要关爱的时候，父母如果能够摆平同孩子的位置，一道和孩子分享成功，一道和孩子承担责任，为了同一个目标共同努力,孩子会感到父母是最可信赖的朋友,他们肯定会在没有顾虑、没有压力、内心舒畅、精神爽朗的情况下和父母交心,他们会充分考虑父母的意见和建议,接受父母的鼓励,孩子的精神生命很容易获得健康,他们的整个生命自然会成长得强壮!

温馨提示：孩子是精灵,他们和成人一样也有着丰富的思想、感情和各种情绪的变化,倾诉可以帮助他们找到幸福和快乐的感觉,可以帮助父母和其他关爱他们的人了解、懂得他们的内心世界。重视好孩子的倾诉父母和其他关爱孩子的人很容易走进孩子的心灵,比较容易抓住时机找到合适的方法鼓舞起孩子的精神生命。

八、当孩子生病的时候

您是否想到,并愿意将孩子的生病作为一种契机去磨练孩子的意志,强健孩子的精神生命,把坏事变为好事呢?

人吃五谷,没有不生病的。孩子生病也是一件非常正常的事情,然而,不同的父母和其他关爱孩子的人对孩子生病的态度和做法有很大的不同。我们从现实中观察得知,就是这些不同的态度和做法对孩子的精神生命造成意义不同的影响,以至于影响着孩子以后的发展,甚至是未来的人生。

现实中我们看到，有些父母或其他关爱孩子的人一发现孩子生病就焦急、紧张，他们要么迫不及待的四处找药、求医，要么大惊小怪的怪别人，或怪孩子自己不听话、不小心。孩子生病本身就是一种难受的事情，在父母的焦急、紧张，甚至是惊慌的行为影响下，有的变得一提到生病就非常的害怕，显得格外的骄躁和柔软，难得具有独立性；有的遇到困难就退缩，缺乏战胜困难的勇气和信心；有的逐步变得反感父母、反感生活，日子过得消极、沮丧、意志消沉。

我的一位朋友肖大明（化名）家的情况就类似这样。记得肖大明的女儿肖萱萱（化名）从四、五岁开始身体就不太好，感冒、咳嗽、发烧、腹泻是常事，大人们干脆亲切的把她称为"娇娇"。守着爱生病的女儿，父母几乎是整天都在为女儿的身体担心，每天简直就是提心吊胆的度日。其实"娇娇"在四、五岁以前生病的情况是极少的，爸爸、妈妈为了她的顺利成长，他们总结出了很多的"经验"，采取了不少"特别的措施"。如：不许"娇娇"吃冰凉的食品，不许碰冷水，不许随意减少身上的衣服，衣服能多穿就不要少穿……等等，就在这样的精心保护下，"娇娇"的身体不但没有变得强健，反而逐渐变得比一般孩子娇弱得多。

无形生命的呼唤

在焦虑中"娇娇"的妈妈脾气是越来越差，每当发现女儿生病她总是责怪"娇娇"的爸爸这里没做好，那里不小心。"娇娇"的爸爸心急、烦躁又不知到底该怎么办，有时他顾不了工作抱起女儿就四处去求医。有时怒气中忍不住就和"娇娇"的妈妈敌对，夫妻间多次发生激战，"娇娇"不知所措，更多的是战战兢兢。

娇娇一天天的在长大，但她在学习、做事和生活中逐渐表现得非常的不自信，她做什么事情都小心翼翼，除了怕生病外，还怕爸爸、妈妈不愉快，怕自己做不好很多的事情让父母担心，让周围人笑话。

另外，我家过去的一位老邻居家的情况又是另一种景象。儿子陈宏宇（化名）已经十五岁多，宏宇小的时候主要是爷爷、奶奶带他，爸爸、妈妈一方面要忙工作挣钱，另一方面他们比较贪玩。打牌、喝酒、逛街等等娱乐、潇洒的事情，他们样样喜爱、精通。他们情绪好、高兴的时候，抱抱儿子，逗逗乐，为儿子做一些事。他们情绪不好时，把儿子抛到脑后，儿子的事完全可以不问、不管。

宏宇五岁那年，奶奶因病去逝，爷爷的身体又不好，因此，宏宇只得回到爸爸、妈妈的身边。爸爸平时本来工作就比较忙，工作以外他老是念念不忘打麻将，双休日常常几个牌友聚在一起，一坐就是一天。妈妈虽想照顾教育好儿子，但自己也想玩，她一想到爱人的表现心理就不平，心情是又烦、又乱，因此，对儿子时热、时冷。

经常被父母忘在一边的宏宇，起初是伤心、难过，慢慢的他将这种伤心、难过转化为一种自我保护的能力。宏宇有时生点病、受点伤，他根本不给父母讲，自己默默的忍着，实在忍不住时，自己动脑筋解决。一般孩子办不了的事情他能办。有一次宏宇切菜时不小心把食指切了一条二厘米多长的口子，鲜血大滴大滴的往下掉，这时他想起了有人说的小便能消毒、杀菌、帮助伤口愈合的方法，于是宏宇忍着钻心的疼痛，跑进厕所用自己的小便对准伤口进行消毒处理，然后，再用家里的破布自己包扎好伤口，继续做饭菜。还有无数次的感冒、咳嗽，甚至是轻度发烧，宏宇都忍着，他经常只用自身的抵抗力去战胜它们。

进入中学后，宏宇认为，生活本身就是这样，父母有他们的工作和他们自己的很多事，而且他们也需要休息和娱乐，作为孩子只要父母能提供足够的生活、读书的保障就行了，其它的事我们没必要依赖他们，应该自己照顾自己，自己管自己。对其他人的事情，自己不想过问，人与人之间差不多就是井水不犯河水的关系。对于学习和未来宏宇不知道奋斗的动力在那里，再加上自己的基础比较差，因此他只想快快长大，然后去工作，去挣钱，去自己养活自己。

我们感觉以上两个孩子，分别从不同侧面反映出两种极端的情况。我们认为，孩子偶尔生一下病是很正常的事情，对待孩子的生病也应该采用冷静、平和的心态，但绝不是冷落孩子，让孩子痛苦、悲伤，在精神上摧残孩子。我们应该通过孩子生病的事情总结出提高孩子物质生命质量的好经验、好方法，同时将孩子的生病作为一种契机，一方面锤炼自己的心态，提高自己的综合能力和自己的家庭教育水平，找到有利于孩子健康成长的方式、方法。另一方面，磨炼孩子的意志，强健孩子的精神生命，让孩子能够经得住各种风雨的考验。

当我们女儿生病的时候，我们就是采取这样的思想、观念和相应的方法让女儿在一次次战胜病魔的过程中锻炼自己的物质生命和精神生命的。女儿不但获得了物质生命的健康，更得到了精神生命的顽强。

虽然我们在带女儿的过程中有意识地带得比较粗，女儿身体抵抗力可以说是比较强的，但女儿在3—5岁时还是常常生病。因为女儿是单独睡觉，晚上一不小心她就会把被子打到一边去，天冷时就爱着凉、感冒，感冒后不久又常常会转成咳嗽，有时一咳，长达半个多月都不会好。听着女儿有时咳得气管像要破裂的声音，看着女儿有时甚至是咳得呕吐的场面，我和爱人不管心里再着急、再担心，我们总是相互提醒，相互鼓励，从不在女儿的面前表现出任何的紧张、惊慌和不得了的样子。

　　记得女儿在四岁多时得的那次重感冒。那天一下班，我和爱人几乎同时发现女儿没精打采、迷迷糊糊的样子，她的脸上透出反常的红，我们用手摸女儿的额头，滚烫、滚烫的，我们顿时明白女儿在发烧，前面我们给女儿吃的感冒药没有起到什么作用。我和爱人当即决定马上带女儿到医院去请医生诊治，这时我们意识到之前我们对女儿的病情可能判断有误，但我们认为此时应该要沉着、冷静，我们要让女儿尽可能懂得一个道理，那就是人的一生什么困难都是有可能遇到的，遇到困难首先是不怕，然后是想办法去战胜它。在战胜困难的过程中心态平和，沉着冷静是帮助我们的有力武器。

　　我将女儿背起，我们一家人抓紧时间往医院赶。妈妈说："看，我们可笑的脸红彤彤的，太像苹果了，我发觉可笑生病更好看嘞！"我说："可笑是想赖我背，所以装点病……" 女儿努力打起精神说："我这样难过，你们还要气我，等我好了看我怎么收拾你们。"看得出，女儿嘴巴说气话，心中却是甜甜的、舒心的。一路上我和爱人就是尽可能的用一些愉快、开心的话尽量分散女儿的注意，让她深深的感到遇到困难用积极、乐观的态度去面对的好处。经过治疗，女儿很快就恢复了健康。

另一次记忆犹新的事情是在女儿五岁时，一次女儿由于身体内的火重，有几天都没有解出大便。那天，爱人上班去了，女儿突然痛哭起来，我一了解才知道是肚子痛得利害。女儿边哭边跑进厕所解大便，可解了好久就是解不出来，看着女儿疼痛难忍的样子，我一边轻轻拍她的背，鼓励她勇敢、镇定，一边在大脑中快速搜寻能吸引、打动女儿的典型事例帮助女儿战胜痛苦，为接下来彻底解决病痛扫清障碍。

我又想起了过去给女儿讲过的身患骨癌的刘铃小姐姐的故事。刘铃在凶恶的病魔面前从不低头，她用坚强的意志和惊人的毅力克服着成人都难以承受的骨癌本身和一次次重大手术带来的巨大痛苦，豆大的汗珠常常从她的额头渗出，妈妈心痛得像被刀割心一样的难受，大滴大滴的泪珠禁不住掉到地上和衣服上。刘铃反过来安慰妈妈说："妈妈不要难过，我能行的……"在强烈的病痛中，刘铃小姐姐不但关心着自己的父母，同时还牵挂着老师和同学们，只要精力允许她就坚持学习，她在她的日记中用坚强有力的笔触表达出发自灵魂深处的崇高而让人敬佩的声音，那就是"我不追求生命的长短，我只追求生命的意义。"我轻轻地说了两遍，刘铃姐姐快来帮帮可笑（我们对女儿的昵称）吧！

女儿慢慢地止住了哭，她好像意识到自己跟刘铃姐姐比起来这点痛不应该算什么，女儿把她的小屁股翘起来，，请我观察为什么感觉大便涨得不得了，可就是解不出来，我一看才发现原来女儿的肛门已被像石头一样坚硬的大便堵住了。我先用肥皂给女儿进行肛门润滑，但没起作用。我经过短暂、仔细地思考后，决定采取较为大胆和有点冒险的做法。我用小刀将堵住女儿肛门的"铁石"大便一点一点地划破后，再一点一点的慢慢挑出来，经过女儿和我的共同努力，我们用了半个小时左右的时间终于取得了胜利，消除了疼痛的女儿笑起来又是那样的甜蜜、灿烂。

后面一次女儿较严重的生病，是在女儿临近高考的前一个月里。突然间，女儿上吐下泻，还伴随着咳嗽、发烧。得知女儿生病的消息后，我们赶到了她的住处，看着女儿虚弱、疲惫的样子，时不时的听到她阵阵的深度咳嗽，我们建议她可以向老师请假，把身体治疗、调养好后再去投入学习。女儿说："我没有那么娇气，现在我是有点不舒服，也算是生了点病吧，可要是想想那些身残志坚的榜样们，我这点病又算什么呢？况且，现在就高考来说又是非常关键的时候，我怎么能被这点小病吓倒呢？你们看这样好不好？我一边治疗、一边学习、一边进行生理和心理的调养。我想，闯过这点难关是不应该有问题的。"我们感到女儿的精神生命是那样的坚强、有力，我们除了高兴和放心以外，还能说什么呢？就这样，女儿是边打吊针，边看书、做习题等。她的嗓子嘶哑喉咙吞口水都很痛，但她总表现出一副毫不在意的样子坚持正常地吃东西，尽可能地放松自己，同时还尽量多想些愉快的事情，确保有一个好心情。经过一个多星期的治疗、调养，女儿又恢复了健康。

孩子生病本来不是一件好的事情，但我们从我们女儿和其他很多孩子的生病过程中注意和感悟到，父母如果能够将孩子的生病作为一个契机去帮助孩子磨练意志，锻炼孩子的身心承受力，这样就能够增强孩子战胜各种困难的勇气和信心，从而使孩子获得健康、向上的精神生命，这不就是坏事变好事吗？

温馨提示：在很多时候精神生命的强大是大大超越物质生命的，而精神生命的衰弱又会对物质生命造成严重的损害，在孩子生病的时候父母及其他关爱孩子的人对孩子朝什么方向影响、引导和帮助显得尤为重要，千万不可忽略了这个重要！

第二章　脆弱生命的支撑

　　面对着巨大的世界，人的生命显得非常的脆弱，稍有疏忽就有被毁灭的危险,摧毁人的生命除了各种客观因素外，在很多时候更多的是人的内心，即:人的精神。一个对生活失去信心，感觉人生只有痛苦和悲伤的人，他可能有强壮的物质生命,但他的精神生命会极度的衰弱或已经死亡,这时他随时都可能走向自毁之路,生命的脆弱性在他的身上就会表现得越发的明显,那么有没有什么办法能使人的生命尽可能的少一些脆弱,变得坚强、有力呢? 答案是肯定的,这就是必须在人的生命中构建起强有力的支撑,而这个支撑不是别的,它除了人们通过各种保障获得强健的物质生命外，更重要的是通过爱、信任、肯定、鼓励、激励等方式、方法让被爱者的内心得到愉悦，找到自信，从而获得强有力的精神生命。孩子的生命更是如此。那么,作为父母和其他关爱孩子的人到底应该怎样做呢?让我们慢慢的深入探讨。

一、关于爱

　　　如何注意爱与害的转化，怎样爱孩子才有利于他们精神生命的健康成长，使整个生命变得无比坚强呢?

脆弱生命的支撑

爱是一把双刃剑，正确的爱能让孩子心情舒畅，充满力量，孩子在这种爱的鼓舞下可以克服自身的弱点，去战胜他们所遇到的各种艰难险阻。错误的爱会让孩子意志薄弱，内心压抑，精神生命更加脆弱，甚至走向极端，危害自己或危害他人。

可以说，天下所有的父母都是爱自己孩子的，然而，怎样正确的爱孩子却是很多父母和其他关爱孩子的人不知道或未认真思考过的，他们要么对孩子寄以过高的期望、或进行过份的关心、过度的保护，要么对孩子进行过多干涉，要么放纵孩子等等。在这些爱的面前孩子的精神生命倍受蹂躏，稍有风吹、雨打，有的受损，有的变残，有的夭折。

我永远无法淡忘我的好朋友李顺成（化名）儿子的悲剧，它时常揪紧着我的心。那是在二OO七年六月二日的晚上，我突然接到李顺成打来的电话说他的儿子离家出走了，叫我帮助他们寻找。我立即赶到他们家，李顺成的妻子那哭肿的双眼还在不停的流泪，家里坐了很多人，大家一边安慰李顺成夫妇，一边在想寻找孩子的办法。累了二十几个小时的李顺成，坐立不安的在家里走来走去，看见我进家，他把他儿子离家时留给他们的一封信递给了我，我认真地看起来。

亲爱的爸爸、妈妈：

原谅我吧！我对不起你们，我不能为你们争光、不能为你们争气，因为我不是一块读书的料，学校里的日子让我痛苦、难熬，我在学校实在无法呆下去了。我已是十七岁多的人了，然而，我在你们的面前就像一个永远长不大的废物。生活上的事情你们和爷爷、奶奶为我做得妥妥贴贴，在我的记忆中我实在搜不出几次我好好完成一件家务事的印象。我想多和同学交往，多结识几个朋友，我想接触、认识社会，逐步到外面锻炼自己，可你们是一千个的怕我学坏，一万个的对我不放心。在你们的眼里我几乎就是一个不应该有自己的思想、不应该有自己的头脑，只应该按照你们的想法和规定去做事，去实现你们理想的人。而现在事以愿违，我也不知道为什么我在读书学习上就是难以专心，我的思想复杂，基础又差，每次拿回家的成绩总是令你们不满意，尤其是最近两次阶段性考试成绩简直令你们失望，我自己也失望，爸爸使劲地发火，妈妈感到难过，我虽然没有出声，但我心里同样有说不出的伤心，我不能再这样下去了，我要走一条自己的路。

思前想后，我觉得我已经长大了，我完全可以到外面去闯一番世界。过去很多仁人志士和事业有成者不都是我这个年龄出去闯荡的吗？有些比我还小勒，他们能行，我为什么不行呢？我读书不行，难道干其它事也不行吗？我不信，我一定要试试。

爸爸，妈妈，我走了，我想到外面闯一闯，我想走一条自己的路，就让我出去试试吧！我拿了家里的五千五百元钱，我知道这钱是来之不易的，我会用好它。请你们不要为我担心，请爷爷、奶奶保重身体。等些时候我会主动和你们联系的。

你们的儿子浩浩

二〇〇七年五月三十一日

看完了浩浩的信，我完全明白了，长大了的浩浩，他不再愿意按照爸爸、妈妈的想法做事了，他想摆脱父母和爷爷、奶奶，他向往独立自由的生活，但他还不懂得一个人要完全按照自己的意愿做事，实现自己的人生目标仅凭愿望和冲动是不行的。浩浩从小在父母特别的关爱下，加上爷爷、奶奶从来就把他当成自己的心肝宝贝，可以说他完全是一个被爱所包、被爱所困、被爱所逼、被爱所压的孩子，现在他凭着一时的冲动离家出走，并且想在外面闯一番世界，显然，他还没有准备好啊！这不得不让人感到担忧啊！

朋友们和李顺成夫妇一直处在紧张的寻找之中，大家能跑的地方尽量跑，能打听的人想方设法的打听。六月八日下午，一个电话从几百公里外的一个县城打来，接到电话的朋友把消息传给我们说，在那个县城里有一个十几岁的男孩体貌特征与浩浩相似，他在前几天被坏人所害，不知是不是我们正在寻找的孩子，请我们赶快去辨认。

我们连夜赶去。走进县城医院，我的心阵阵的紧张，李顺成的身体早在发抖，他的妻子已经走不动路，几个朋友立即将他的妻子挟起。朋友们怕李顺成夫妇出意外，找了一个地方请他们先休息，然后由我和其余的几个朋友进县医院的太平间去看个明白，当白布被揭开，一个已经逝去的，还有很浓稚气的生命形象出现在我们眼前。是他，虽有好多年没见面，但我还是一眼就认出是他，李成浩静静地躺在那里。据医务人员介绍，李成浩是被人狠狠地杀了三刀后，未得到及时抢救，在送往医院的途中死亡的。据警方初步调查证实他是被抢劫他的人所为，警方正在加紧深入调查，尽快缉拿凶手。

几个大汉都无法阻挡李顺成，他挣脱大家，发疯似的冲进太平间一头赴倒在儿子的身上。平时打断筋骨都不会坑一声的李顺成此时的哭声叫人撕心裂肺。"天哪！为什么会这样啊？这是为什么啊？……"这哭声仿佛让天塌、让地陷。在场的人没有一个不流泪的。

李成浩走了，他的死从表面看好像是偶然，是意外，但如果我们进行深入考察和分析就会清楚的发现在他死的背后隐藏着很多必然的、值得反省和总结的东西。后来据警方介绍，李成浩是刚到达那个县城，一下长途客车就

脆弱生命的支撑

被两个歹徒盯上了，歹徒通过观察得知，李成浩是一个出门不多，没有什么社会经验，比较容易得手的对象。等李成浩出车站不远，两个歹徒上前与其攀谈，他们说可以帮李成浩找舒适、便宜的旅社，可以帮他落脚，还可以帮助他找工作等等。李成浩被他们软磨硬逼加利诱，半拉半就的到了一个比较僻静的地方。两歹徒凶象毕露拔出了刀叫李成浩把钱交出来，歹徒开始搜他的身，当要搜到他藏在内裤里的现金时，李成浩鼓起了勇气拔脚就跑，歹徒飞快的追了上去，他刚想喊，一歹徒朝着他的背上凶狠地杀了一刀，另一歹徒上来又朝他的大腿刺了两刀，李成浩倒下了。歹徒抢走了他身上的所有现金，然后迅速逃走，倒在血泊中的李成浩临死才喊出一声"救命"。好心人将他送往医院，但因伤势过重，延误时间较长，医生再无回天之力。

听着警方的介绍，我的心阵阵地痛。我知道，其实李成浩是一个聪明伶俐的孩子，凭他的头脑他不会、更不应该识别不了两歹徒的"花言巧语"，然而，他由于在家庭浓厚的爱长期保护下，生性中有一种明显的懦弱和优柔寡断，他的离家出走除了有畏惧、厌烦学习而逃避的冲动外，更主要的应该是由于他早已处于物质生命非常强健、旺盛的青春期，他明显地感到父母和其他关爱他的人长期对他的关爱，其实，给他带来的是一种压抑和憋闷，他的内心充满着矛盾、冲突，这种矛盾、冲突已积累到了必须要暴发的程度，他一时间找不出比离家出走更好的选择。

朋友向我们讲述了李成浩的成长史：

"李顺成三十五岁生下浩浩，当时勤快的爷爷、奶奶已退休在家。浩浩的到来一家人像过节似的，爷爷、奶奶忙里忙外做好很多营养、美味的食品源源不断地给儿媳送去。李顺成呢？平时不怎么爱笑的脸上一下堆满了兴奋的笑容，行动、做事充满了使不完的力量。他暗自下定决心，为了儿子为了家一定要努力工作，多挣钱。

爷爷、奶奶精心筹划怎样帮儿子解决困难，采取什么样的好方法带大自己的孙子，儿媳和孙子一出医院，爷爷、奶奶就将她们直接接到自己的家里，各种婴儿用品爷爷、奶奶准备得几乎是应有尽有。只要浩浩一哭就像号令，四个大人中总会有人迅速的冲过去把浩浩抱起来，大家心痛得又是拍，又是抖，又是'唱'，又是'哄'。

浩浩满月后，按理说李顺成和他妻子完全可以独自处理好儿子的事情，但爷爷、奶奶怕新爸爸、新妈妈毛手毛脚的，又没有经验，一个不小心，说不定会把孙子弄坏了，因此，孙子的事情爷爷、奶奶差不多是完全包干。

在四个大人的精心照料下，浩浩长得又白又胖，结结实实。一岁，浩浩已能独立行走了，一种巨大的成就感在

脆弱生命的支撑

爷爷，奶奶的心中升起，从他们的言行中大家明显的感觉到孙子给他们带来的无穷快慰和舒心。李顺成夫妇在高兴的同时所领略到的是一种发自内心的自豪感。

浩浩开始呀呀学语，爷爷、奶奶时常表现得兴奋不已，他们经常用‘奶声奶气’的儿语和孙子对话，李顺成夫妇也跟着学。当我们无意中听到时，总会有一种发麻的感觉，全身的鸡皮疙瘩会不停地往外冒。如：当浩浩饿了哭时，他们夹着声说：快呀，我们宝贝的‘皮包包’叫了，要吃‘胖胖’了。当浩浩的瞌睡来了时，他们会说：我们乖乖的‘瞌睡虫虫’来了，要‘落落’了。他们把电灯和太阳都叫成‘亮亮’，把月亮叫做‘弯弯’，把汽车叫做‘嘟嘟’。把鱼叫做‘摆摆’等。

浩浩两岁多，经常会说很多让人发笑的话，会做一些有趣的事，样子非常可爱，但就是胆子很小，见到生人无论大人怎样教他称呼，他就是不出声。在家里能讲会说、活泼大方，可一到外面就象一条小小的夹尾狗。他很不愿意和小朋友们玩耍，一出门就必须拉爷爷、奶奶或爸爸、妈妈陪同。

浩浩四岁时，李顺成给他办了进幼儿园的手续。可当正式送他去幼儿园时，他的小手拼命地抓住大人的衣服不放，哭啊，叫啊，奶奶心痛得掉泪，爷爷不停的怪罪，李顺成夫妇的心也软了。'算了，让他调整几天再送吧。'李顺成和妻子商量后，把儿子带回了家。经过心理准备，再由李顺成单独'狠心'的将儿子送到了幼儿园。爷爷、奶奶一想起孙子在幼儿园心里就痛，但为了孩子的未来必须这样做。爷爷、奶奶常常心事重重，担心孙子在幼儿园里吃不好，睡不好，担心孙子被人欺负，担心孙子……他们时不时地跑到幼儿园外悄悄观看孙子，只要有可能就向老师们打听孙子的情况。有时发现浩浩身体出现小小的不适，或浩浩实在不想去幼儿园，他们马上积极主动地帮浩浩请假，让他在家里调养。

其实，李顺成对自己家教育孩子的问题早有一些醒悟，但他有苦衷。一天，他对我说：'浩浩一天天的在长大，如何与人友好相处，对人讲礼貌的问题还没有解决，你看他吃起自己喜欢吃的东西来简直就是旁若无人。爷爷、奶奶看着孙子的吃样心里还觉高兴，妻子也觉开心，儿子在家想要什么，就必须满足他什么，想吃什么就必须提供给他什么，想做什么就要做什么，否则，又是哭又是闹。有一次，我实在忍无可忍打了儿子几下，爷爷，奶奶埋怨我，妻子不理我。'

转眼间，浩浩进了小学，在五年级以前浩浩凭着自己的聪明，学习成绩一直不错，拿回来的成绩不是一百就是九十几。李顺成经常在别人面前流露出他的欣慰，他觉得自己努力挣钱的心血没有白费。爷爷、奶奶更是打心眼里高兴，常常笑得合不拢嘴，不由自主的就会夸奖孙子聪明、能干，将来一定会有大出息。浩浩的妈妈也暗中认定儿子一定会为自己争足面子。一家人对浩浩更加痛爱，只要听说什么东西对促进生长、开发智力有用他们都恨不得立即提供给浩浩。

为了在已取得成果的基础上让浩浩做一个出类拔萃的人，经李顺成夫妇的认真筹划，儿子除了进行学校的正常学习外，另外参加一个英语补习班和一个绘画学习班，每个星期六补习英语，星期天学习绘画，浩浩忙得不亦乐乎。开始一段时间浩浩好像兴趣十足，每天除了完成学校的任务外，他用很多时间画画、学英语。随着时间的推移，浩浩从身体到精神都感到了严重的疲惫，没到一个学期，浩浩画画的兴趣已经大减，英语学习也是敷衍了事。李顺成夫妇看在眼里急在心里，他们要用严格的管教使儿子认真努力地学习。他们给儿子规定了严格的作息时间，同时制定了一些奖惩的办法。在儿子每天的学习过程中只要有可能夫妇中必须抽一个进行现场监督。

浩浩的学习一度有所长进，然而好景不长，没过一个月浩浩已无法忍受，过去爸爸、妈妈对他是何等的宽容、何等的亲切与爱护，而现在爸爸、妈妈就象两个特务、两个管教，浩浩觉得自己就像一个小犯人。爸爸、妈妈对他是这也不顺眼，那也看不惯，总是永远不知满足。爷爷、奶奶对浩浩是既痛又爱，但他们不在身边，浩浩不可能跑到他们那里去长期生活，那是远水解不了近渴，因此，浩浩经常感到烦躁、痛苦。

他感觉不自由，感觉累得很，没有什么快乐，更谈不上什么幸福，他觉得活着都没意思。

进入初中后，浩浩完全总结出了一套对付爸爸、妈妈的办法：一是'游击战'，二是'运动战'，三是'麻雀战'。所谓游击战就是决不和爸爸、妈妈正面冲突，无论他们说什么，怎样说，甚至生气、发火都忍着，背地里自己按自己的想法，该干什么干什么，想怎样干就怎样干。爸爸、妈妈管得紧，管得严时自己表面多应付点。爸爸、妈妈累了、烦了，松懈时，自己就放松点，'潇洒'点。而运动战呢？就是把爸爸、妈妈不理解、不愿接受甚至反感的事情（例如：听流行音乐、看武侠书、了解一些明星的新鲜事等）转移到父母难以接触和发现的地方去进行。麻雀战就是为了达到自己的某种目的，有时是为了获得东西，有时是为了获得自由活动的时间、空间等，编造故事、编造消息、创设一些情景和声势，采取软擦硬磨的方法搅得父母不得不妥协。

时间一个学期，一个学期的过去，浩浩按照自己的理解、自己的方式进行着自己的生活，李顺成夫妇怎么也无法理解，怎么也想不通，聪明的儿子说起社会上的事情，说起流行的东西，以及很多古灵精怪的事是一套一套的，唯独读书成绩就是上不去，经过一年多的高中学习，能想的办法都想了，能做的事都做了，可儿子的学习成绩呢，却从初中时在班里的中上变成了现在的中下。眼看高考一天天的临近，这样下去希望在哪里？李顺成夫妇强忍着内心的焦急，他们决定和儿子长谈一次，进行彻底的交心。在和谐的气氛中儿子说出了他久积心中的想法，他说：'读书对于别人来说也许是出路，但对我来说是压抑、是自卑、是痛苦，我不想再读书了，我想到外面去学一技之长，我想做生意……''好了。'李顺成实在听不下去了，他打断儿子的话，说：'你小小年纪到外面能干什么？学技术会有什么出息，将来的社会更是文化吃香的社会，我们要求不高，你读不了重点大学，最起码也要读一个普通大学或大专，才有资格谈做其它的事情。一个人要有自尊，要有骨气，别人是人你也是人，别人能行，你为什么不行？下定决心没有什么办不到的。'浩浩只有默不出声。"

讲到这里，朋友顿了顿，然后接着说："说实在的，其实浩浩是一个懂事的孩子。进初三不久浩浩尽管知道自己的学习基础差，自己从心底里不愿读书，但他不想让爸爸、妈妈伤心，他一改过去的做法硬着头皮拼命学习，一个多学期下来，他的学习成绩大有长进。爸爸、妈妈又找回了往日的希望和欣喜，爷爷、奶奶听到汇报后更是无比的高兴。

中考下来，浩浩的成绩进了普高线，但离重高线还差一截，然而李顺成夫妇打定了主意就是砸锅卖铁也要让儿子进重点高中，为了儿子的前途他们决定当机立断为儿子交费进重高。爸爸、妈妈钱都交了，浩浩只得服从。

父母如愿已偿后感到了莫大的安慰，但浩浩的内心却空空荡荡的，心里没有一点底，还不时冒出从未有过的恐惧。

果然不出浩浩所料，一段时间下来，浩浩感觉完全力不从心，经过很多次考试，他的成绩不但排在班上的末尾，而且与前面同学的差距较大。打击，一次次沉重的打击，每天好象有无数双眼睛在盯着自己，有无数张脸在嘲笑自己。浩浩想：读书这条路太不适合自己了。自己再也无法坚持下去了，我必须重选我自己的路，我无法再顾及爸爸、妈妈期盼的目光。就这样，浩浩终于作出了离家出走的决定。

脆弱生命的支撑

听完了朋友的诉说，我的心情久久不能平静。表面看来浩浩的死是遭到歹徒的杀害，是一种偶然，但如果从本质上看可以说浩浩是被父母和爷爷、奶奶的爱所害。从浩浩出生开始在他所获得的爱中就不断的包含着残害他的因子。父母和爷爷、奶奶不断向浩浩的物质生命中注入各种养料，但对他的精神生命却不断的进行着瘦身。小时候，他们用"伟大的爱"包裹着浩浩，保护着浩浩，让浩浩感到只有在家里才有安全感，他对外面的世界和陌生人经常是充满了恐惧和敌对。父母强烈的爱让浩浩找不到自由、快乐、幸福的感觉，以至于让他产生逆反，总结出一套对抗父母爱的办法，最终，导致厌学，无法忍受学校的生活。当父母不想浩浩的心理，不顾浩浩的实际情况，硬将自己强烈的愿望强加给浩浩的时候，浩浩和父母的心理距离被越拉越大，他的精神生命快崩溃了，离家出走就成了浩浩唯一可选择的"好"办法。假若说浩浩没有离家出走，他的物质生命一时可能还存在，但他那失去支撑变得虚弱、无力、奄奄一息的精神生命也会让他做出不知料不到的事情来。找不到支撑的精神生命在脆弱性加剧的同时，随时都有被毁灭的危险。丧失了精神生命的物质生命，它的存在就失去了意义。

那么，父母和关心孩子的人到底应该用怎样的爱去爱孩子才能让他们找到精神生命的支撑，生活得幸福、快乐呢？在此我又想起了发生在我们家的一件事情。

那是女儿读小学三年级的时候，一次，女儿的数学考试得了一百分，因为她平时做作业经常想当然，又粗枝大叶，考试成绩总是在七、八十分徘徊，这下有同学向老师打小报告说，女儿有作弊的嫌疑。老师把女儿叫到办公室态度严肃的了解情况，并不时的流露出对女儿怀疑和不信任的口气和表情。一种极大的委屈感涌上女儿的心头，她放声痛哭，说不出话来。老师不但没理解，反而更加怀疑。当女儿回到班上时她看到的是一副副讥讽、轻蔑的面孔。下课后，女儿不顾一切地跑回了家，一进家门她失声痛哭，她扑到床上泣不成声，她想拼命的将所有委屈和仇恨都哭出来。过了很久、很久，女儿觉得太累了，她不想再哭了，但那止不住的眼泪还是顺着脸颊不停地淌。她呆呆地想，她觉得人生太无聊，人活着太没有意思了。想着、想着，她走向了窗户，她爬到了窗户上，站着，两手抓住窗户边，一只脚慢慢悬在空中，她埋头看了一眼窗下，她没有丝毫的害怕。

突然，一些念头在女儿的脑海中闪现。"我这是在干什么呀？有什么了不起的事连爸爸、妈妈的态度都不知道就这样急于了结呢？"这时女儿的大脑里出现了爸爸、妈

脆弱生命的支撑

妈的身影，爸爸、妈妈的许多话语仿佛在她的耳边回响。她想，我为什么不等爸爸、妈妈回来，听听他们的想法，看看他们的态度呢？自从我懂事以来爸爸妈妈那一件事不是通情达理，哪样难事不是和我心连心？他们是很懂我的呀。现在假如我这一跳下去（五层楼的高度），可能什么问题都解决了，但爸爸妈妈肯定会非常的伤心，非常的难过，也许他们会经不起这样的打击，因为他们是多么的爱我呀！我为什么要做傻事呢？不，哪怕天下所有的人都不相信我、甚至恨我，瞧不起我，爸爸、妈妈也一定是爱我、懂我的，我必须等他们回来。女儿返回了家中，静静的等……

我们回家后，女儿向我们倾诉了发生的所有事情。妈妈抱住女儿不断用手轻轻地拍她、抚摸她。等女儿慢慢的平静下来后，我说："我们完全知道我们的女儿不会那么傻的，不是吗？理智肯定会战胜冲动的。生活中多数人不了解我们这是很正常的，由于他们对我们不了解，有时很可能就会歪曲我们，甚至给我们不公正的待遇，我们没有必要怪罪他们，因为我们无权要求别人一定了解、懂得我们。我们首先要做的是自己懂自己，自己相信自己。只要自己能挺直腰板，事实就会有水落石出的时候。"妈妈说："我认为一个人生活在世上，有时会

脆弱生命的支撑

受点委屈是难免的，但是无论他受到什么样的委屈，首先必须要看到希望，要相信自己一定能够实现自己的希望。试想，假若女儿按照一时的冲动跳了下去，那么现在我们一定会非常伤心、难过，但又有什么用呢？一切已无法挽回，我们伤心难过一段时间后总归还得继续活下去，然而，女儿的生命结束了，一切希望、一切未来、一切美好的东西全部变成了零，哪还说得上什么价值、意义呢？一个人最重要的是生命，放弃生命就等于放弃一切，拥有生命就可以战胜任何困难，就可能实现自己的任何理想。"接着，我轻轻地说："好了，一切都过去了，没事了。让事实说话吧！让我们的女儿用行动证明给他们看！"

这以后，女儿的学习更加踏实、认真，从作业到考试她都用事实不断的证明着她的真实成绩、她的实力。一段时间后老师和同学给予女儿的表情和眼光变成了肯定和赞赏，女儿由衷的感到了幸福，感到了开心。

生命的脆弱与坚强有时就表现为一瞬间。从孩子的成长历程中我们看到了生命的脆弱与坚强，发现了爱的力量。孩子缺少正确的爱，他们的生命轻意就可能受损，甚至夭折 相反，他们的生命就会坚强，就会迸发出无穷的力量。

温馨提示： 爱孩子一定要有原则，这个原则就是——

— 100 —

多从有利于孩子精神生命健康成长上考虑，不溺爱，不偏袒，鼓自信，激动力，放开手，少顾虑。

二、关于亲情和友情

如何用亲情和友情去激励孩子，给他们的生命注入健康、向上，获得幸福和快乐的力量呢？

现在的孩子基本上都是独生子女，他们缺少伙伴、缺少孩子的语言、思维、兴趣、爱好的环境，家长们在巨大的社会压力下，为了生存和发展，忙于奔波，忙于工作，顾及孩子的时间相对较少，因此，孩子们常常感到孤独、感到生活缺乏乐趣，遇到困难时会感到很无助，甚至感到自己被这个世界所抛弃。一些孩子在紧张疲惫中度日，他们的内心非常的压抑，做什么都找不到信心，生命的意义对他们来说变成了空洞的口号。

我们家过去的邻居们一家家都买了新房，他们陆陆续续的都搬到了宽敞、明亮的单元式楼房里，过去住在平房时孩子们经常聚在一起学习和玩耍，自从搬进了楼房孩子们就很少接触。一些家长担心孩子和家里的安全，只要孩子不上学就将他们关在家中，孩子们只好要么看电视，要么自己玩，有些甚至站在阳台上出神。

我问过一些孩子，想不想和其他小朋友一起玩？想不想有朋友，有伙伴？部分孩子回答说："想，但爸爸妈妈不让。"部份孩子说："自己玩惯了，不想了。"这就是现实中的很多孩子，他们本身就带着独生子女的先天缺憾，而现在父母们连同社会一道更是不断的剥夺他们与人接触、交往、体验亲情，感受友情的机会。孩子们很容易就变得以自我为中心，他们由害怕孤独变得喜欢孤独，由盼望与人交往变得不愿和人交往，由合群变得不合群，由对人虚心、有礼貌变得自大、专横。他们的精神生命正在朝着消极、危险的方向发展，他们的精神生命正在遭受着难以预料后果的残害。

我的一位好同学的女儿嫣兰（化名），是个初二学生，她一惯灵巧、内秀、学习成绩在班上一直都是名列前茅，从小学到初一她都是班干部，可不知怎的，进初二后同学们都不大理她，有些同学经常象害怕瘟疫似的躲避她。一天，嫣兰从个别同学那里得知，同学们说她自认为成绩好就自以为是，好象全世界的人都必须听她的，在她眼里无论班上出现什么问题都是别人不好，别人经常连解释的权利都没有，她常常居高临下的指责别人，反面意见半点都听不进去，她太高傲了。

嫣兰认为自己在各方面都是努力、用心的，别人为什么不但不理解，支持自己，相反还这样对待自己，她觉得太不可思议。初二刚开学，班里重新选班干，嫣兰落选了，为此，班主任老师找她谈话，并认真地指出了她的不足。嫣兰的脸由白变红，由红变紫，由紫变青，她的内心升腾起愤怒的火焰。她认为很多同学对她有嫉妒之心，是他们在挑自己的刺，故意和自己过不去。待她的怒火熄灭之后，她感到的是心灰意冷，仿佛天就要塌下来了……

沉重的心情变成了巨石压在自己的胸口上，她想找人诉说，她特别想倾诉，她渴望搬掉胸口上的巨石。可此时能找谁诉说，又能向谁倾诉呢？嫣兰在脑海里仔细搜寻着。爸爸是单位的一位领导干部，他懂的东西特别多，很多时候也能理解女儿的心，但他工作太忙，工作之余还要应酬，常常是夜深人静才回家，他太累、太辛苦了，我不想打搅他。妈妈呢？成天忙于生意上的事，一心想的是如何赚钱，如何潇洒，麻将才是她业余时间的好伙伴，假若我将心事讲给她听，不但得不到她的理解，很可能还要遭到她的责怪和埋怨。同学中更是不可能说，其他的朋友呢，没有一个是知心的，亲戚们呢？也不可能，因为平时往来不多，根本无法交心。想到这里，嫣兰觉得她的心有一种冰凉的感觉，她真正体会到了人世间的冷漠，同时她第一次看清了自己是那样的弱小，自己就象大海中间漂浮的一艘小舢板随时都将被大海所吞噬，与其承受着巨大的痛苦、孤独的活着，不如痛快的到那没有压力、没有痛苦、不知孤独的世界中去，一了百了。嫣兰的脑海中瞬间迸发出了那样的想法。

嫣兰找来了妈妈平时用来灭蚊虫的敌敌喂，不假思索地一饮而尽，不多时，嫣兰的妈妈正巧从外面回来，突然，听到了女儿痛苦的声音，妈妈跑进女儿房间一看，只见女儿躺在地上口吐白沫，妈妈呼喊着："兰儿你怎么了？你在干什么呀？这是为什么呀？……"妈妈赶紧拨打了医院的急救电话，同时使出全身力气背着女儿往楼下跑。幸亏抢救及时，也幸亏敌敌喂有些失效，嫣兰得救了，一条风华正茂的生命没有被鬼神夺走。

嫣兰的爸爸赶到医院，听说女儿已被抢救回来，悬在嗓子眼的心才慢慢的放了下来。他泪如雨下，思绪万千，"我们太大意了，太忽视对女儿的关心和爱护了。我们以为女儿本来就很聪明，很懂事，她在学校成绩好，表现好，又能干，我们经常听到的都是别人赞扬和羡慕的声音。我们甚至感到的是太多的骄傲和自豪。我们一心只想好好的工作，多挣钱，为女儿打好经济基础，女儿将来肯定会前途无量的，是一定会幸福的。现在看来，我们错了，其实我们根本不懂得如何关心孩子，如何爱孩子。"

苏醒后的嫣兰对大家哭着说："你们为什么不让我

脆弱生命的支撑

死？于其让我孤独、痛苦，压力重重的活着，不如让我痛痛、快快的死去。"妈妈紧紧拉着女儿的手眼泪纵横地说："傻孩子，你不能再这样了，我们错了，我们会好好关心你的。"爸爸站在妈妈的身后一时间说不出什么，但这时他的心里明白，女儿是因为被同学孤立，被父母冷落，又没有其他朋友的情况下，她的精神生命已经处于极度虚弱状态而产生这种念头的。现在女儿需要的不是过多的安慰，不是承诺，更不是说教，而是精神上强有力的支撑和鼓舞，也就是说她需要得到亲人和朋友发自内心的关爱。今后我们必须要尽可能的抽时间和她相处、对话与勾通，倾听她的心声，了解她的所思所想，懂得她的苦与乐，和她一道战胜困难，一道树立生活、奋斗的信心。多创造、提供与各种人交往的条件，在锻炼能力的同时建立良好的人际关系，从中体会到亲情、感受到友情。这样女儿的精神生命一定会逐渐强壮，她的整个生命才会变得阳光起来。

现实社会、经济发展突飞猛进，人们在强大的社会竞争压力下，为了生存和发展，为了舒适与开心，不停的努力，人与人之间的情感交流与勾通越来越少，冷漠与孤独经常袭击着人的内心，人们渴望着交流，渴望着宣泄。在无法交流和不能宣泄的人群中，人们往往感到的是郁闷，是紧张，是痛苦，甚至是绝望，人们的精神生命时常处于崩溃的边缘。

未来社会，经济会更加繁荣，社会竞争会更加急烈，我们不能让我们的孩子在享受丰富物质生活的同时精神生命却在冷漠、孤独、压抑、痛苦中苦苦地煎熬。要摆脱这样的境地。作为父母和其他关爱孩子的人们务必一定要引导孩子注重亲情，注重友情，让自己生活在一个懂得关爱别人，同时也会得到和接受别人关爱的环境中，促使自己的精神生命舒展、强健。我们对自己女儿的影响和引导就是本着这种思想路径来进行的。

我们知道，亲情关系一般是指亲属之间、亲戚、朋友之间通过不断的接触、交往，彼此之间产生的相互认识、理解、关爱和依恋等等的关系。现在的家庭结构特别简单，孩子要与父母以外的亲戚接触、交往受时间和空间的极大限制，如果此时父母或其他关爱孩子的人不注意对孩子进行积极的影响和引导，那么虽然是亲戚、亲属，但由于彼此间缺少接触和交往，彼此之间也难以认识、了解和理解，彼此间在内心里就很容易存在着厚厚的隔膜，甚至是鸿沟，亲情自然不复存在。因此，我们从女儿小时候开始基本上每个双休日都要带着她到奶奶家或者其他的亲戚朋友家去玩、拜访、看望。只要有可能我们就鼓励女儿单独多与亲戚、朋友们接触，尽可能的和亲戚、朋友的孩子们一道娱乐，一道学习，共同愉悦、开心。记得女儿在读小学六年级时的那个暑假，爱人对女儿说："可笑，我们想和你商量个想法，想听听你的意见。""什么想法？你们说嘛，我不会介意的。"女儿笑嘻嘻的对我们说。"是这样的，我和爸爸想到你长这么大还没有离开我们生活过，我们想借这个假期让你离开我们到四姨家去过一段时间，以便独自体验一下爸爸、妈妈不在你身边的感觉，一来可以进一步锻炼你的独立性，二来可以锻炼你的为人处事，同时也可以增进你和四姨以及表姐们的感情，你觉得怎么样？"女儿很快的想了想说："行，可以。"就这样，女儿在那个暑假到她四姨家生活、劳动，过了十多天，女儿和两个表姐每天在玩乐、学习的同时还一道帮助四姨养猪和做一些力所能及的家务事。后来女儿对我们说："在四姨家苦是有点苦，但我又懂得了许多在家里无法知道和懂得的东西，我也明白了除爸爸、妈妈以外的一些亲情关系。我知道了一个人不能孤立的活着，要有亲情和友情生活才更有意义。"

是的，才经过十多天的锻炼女儿一下像长大了许多，这以后女儿与亲戚、朋友们的接触、交往更加积极、主动了。每逢过年或其它大的节日或有亲戚、朋友过生日等等的情况，一般女儿都会主动问个好，或表示一下祝福。女儿在与亲戚、朋友的交往过程中一方面练就了自己的交际能力，另一方面又获得了爱心。反过来，亲戚、朋友在经常得到女儿的关心和爱后，也很关心她、爱她，每当女儿在学习或其它方面需要亲戚、朋友帮助时，他们都会很乐意的帮助她，当女儿取得好成绩时会得到他们由衷地赞赏，女儿有了明显的成功时会得到他们及时的祝贺。女儿的心中常常感到和谐的亲情关系给自己带来的鼓舞，这种鼓舞给她增添了无穷的力量。

在抓亲情的同时，我们鼓励女儿在安排自己学习和生活的时候，要考虑一定的时间和空间去与同学、朋友接触、交往，学会和掌握建立友情的方式、方法。有时我们发现女儿一边在努力学习，一边又有很多的焦虑和烦闷，仿佛有找不到前进方向的感觉，经常觉得不好和我们说清，甚至有不太想和我们说的时候，这时，我们首先从女儿的角度出发，站到她的立场上去想，建议她把学习暂时放一放，去找同学、朋友玩耍、放松，尽可能的多和同学、朋友交流、沟通，因为我们明白孩子的很多想法和情感只有在他们的同龄人中才便于释放和宣泄。

烦闷的女儿常常通过和同学、朋友的短暂接触、放松后，一般都能重新调整好自己的心态，安定好自己的情绪，重新找回自信的感觉，偶尔还有堵塞时，女儿再向我们倾诉、再和我们交流就会彻底畅通，女儿做事的劲头更足了，生活得更加开心、自信而富有动力。

女儿在交朋友的过程中一方面感到了广交朋友，处理好亲情、友情关系的好处，同时又从亲情、友情中经常体会到一些相互帮助和激励带来的愉悦和舒心，精神上自然得到了很大的鼓舞，做事的自信心更强了。另一方面，在交友的过程中也学会了识别各种人，把握交友的分寸，学会了很多保护自己的技巧、方法，为自己后来生活、学习打下了广泛、扎实的基础，这也是我们初中敢于让女儿住校，高中自己租房自己料理生活、学习的重要原因。

温馨提示：尽可能提供多的机会让孩子去接触亲戚、朋友、同学，想法、设法引导和帮助他们找到和懂得亲情和友情，学会互敬、互爱，孩子精神生命的健康成长又会多一份有益的养料。

三、关于思想、观念

在家庭教育中陈旧、落后的思想、观念带给孩子的往往是压抑、伤害和打击，先进的思想观念带给孩子更多的是愉悦、舒心，是积极向上、充满希望的力量。您愿意学习和掌握新的、先进的家庭教育的思想、观念吗。

　　社会在飞速的发展，新生事物层出不穷，如何适应社会，如何接受新生事物需要人们在思想、观念上不断的进行及时更新。父母们应该怎样教育和培养自己的孩子？让自己的孩子怎样适应社会？怎样生活？怎样成长？等等问题，都将对父母们提出挑战和考验。

　　一些父母受传统、陈旧、落后的思想、观念影响较深，新的思想、观念很难深入他们的内心，因此，他们常常生活在矛盾、焦虑、彷徨之中，他们的孩子在他们的影响下，常常缺乏适应社会的能力，精神生命极度脆弱，稍有挫折和打击就会倒下。我的一个表姐和表姐夫在对儿子的教育、培养的过程中就走了一段曲折之路。

　　表姐是一家工厂的技术人员，表姐夫原来也是该厂的工人，后来留职停薪办了一个小企业，经过多年的努力把自己的企业搞得比较红火。表姐夫挣了不少的钱，事业上也算是比较成功，可是他们在对儿子的教育、培养方面很少进行深入、系统的思考，更没有去想自己需要学习、提高。

　　表姐是一个勤快、细心、生活、工作都很严谨的人，全家人的生活在她的料理下过得既井井有条，又丰富多彩。表姐认为，儿子是个男子汉，生活上的琐碎小事不需要他去考虑，只要他学习好，将来能干大事，父母就心满意足了。

　　侄儿小的时候，表姐和表姐夫把儿子作为自己的命根子，在他们的思想深处更是处处护着儿子，包着儿子，只要儿子离开他们的视线，他们就会感到提心吊胆。侄儿对人霸道、不讲理、做事懒散、马虎，他们看在心眼里，从不往心里去，还说等他长大懂事了，就会好的。但是，他们特别重视儿子的学习成绩，侄儿的学习时好时坏，他们一方面信奉油盐出好菜，棍棒出好人的信条，时不时的对侄儿动用一些武力。另一方面，他们认为儿子学习成绩下降主要责任应该在老师。他们一会儿认为这个老师教得不好，那个老师的态度差，唯一没有想到的就是他们自己到底应该怎样帮助儿子摆脱和克服各种弱点和不足。

　　侄儿在读初中以前还算是一个爸爸、妈妈的乘儿子，因为时不时遭到爸爸、妈妈的武力镇压，学习上不敢怠慢，生活上也比较小心，即使有很多的心思和想法他一般都把它们埋在心里。侄儿进入初中后不久，感到自己在很多方面都力不从心，他想认真、专心地听讲，可脑海中不自觉的就要出现爸爸、妈妈那严厉、苛刻的表情，那种抵触、反感的情绪不由自主的在内心中升起。他实在弄不清自己到底在为谁读书，每次考试结果出来，考得好就平安无事，考得差时就会遭到老师的白眼和爸爸、妈妈的疾风暴雨。

侄儿感到自己受到几座大山的重压,自己无论怎样拼命都无法获得轻松;自己无论怎样努力,不要说赶上成绩好的同学,就连一般的同学也永远赶不上。侄儿经常心灰意冷不知道出路在哪里?学习没法学进,心中却不断地产生出恐惧、忧虑和担心。侄儿的学习成绩一降再降,表姐和表姐夫看在眼里,急在心里,他们纳闷,他们无论如何也想不通。他们想,按理说我们为了把儿子的学习成绩弄上去,打也打了,骂也骂了,家教也请了不少,补习班是一个接一个的上,儿子又不傻,看他天天都在忙,可真不知为什么现在儿子的学习成绩不仅没有见好,反而还更糟?

家长会上,我们简直成了人们的笑柄,老师动不动就会有意无意的点到儿子的名,有时候我们真是无地自容啊!我们到底该怎么办呀?表姐和表姐夫经常是越想越急,急了就生气。一天,表姐夫给儿子开家长会回来,他大声把儿子叫来,劈头盖脑的就是一顿吼骂。儿子不再象过去那样低着头、流着泪不出声,这次儿子是怒目圆睁直视着父亲,嘴上大声地说道:"我不想读书,我再不想去学校了,再这样下去,我真不想活了!"表姐夫一听顿时火冒三丈,他大声地骂道:"没出息的东西,你小小年纪能干什么。"他无意识的又想挥手打儿子,然而,不知怎的,好象是直觉在告诉他儿子这次的架式是他过去从未见过的。他倒吸了一口凉气，他突然发觉儿子长大了，他努力控制住了自己的手，他使劲压住自己的情绪，他没有再说什么。

表姐回到家向表姐夫了解今天开家长会的情况，表姐夫平平静静地说："还可以，儿子最近表现都很不错。"晚上，当表姐和表姐夫回到他们自己的房间时，表姐夫全盘托出了他从未有过的感受和担心。他说："今天当我一下看到了儿子的倔强与反抗时，儿子教训了我，我好像突然明白了什么，我想，长期以来我们都是这样尽心尽意的管儿子，关心儿子，帮助儿子，到头来儿子在学习上一团糟，生活上这也不会，那也不会，现在他已经长大了，再这样下去很可能还会做出一些无法预料的事情，我们真该好好的想想问题到底出在那里？我们再不能用过去的方法了！"表姐深思片刻后说："是啊，过去我们基本上都是感情用事，延用那些传统的和大多数家庭管教孩子的方法，根本没有考虑到我们儿子的身理、心理和思想、情感等等情况，今天你的这个感觉很长时间以来我朦朦胧胧的也有，只不过我没象你现在这样清晰的把它们抓住。现在看来，它从灵魂深处提醒了我们，我们再不能只顾挣钱和工作对儿子的培养、教育却是那样的随意，想当然，我们必须要好好的反省自己，抽一定时间和精力进行家庭教育方面的学习，彻底纠正那些不利于儿子健康成长的东西，否则，儿子就毁在我们手里了。

另外，听说表弟他们夫妻搞家庭教育研究已经很长时间，他们有比较丰富的知识和经验，我们为什么不去向他们请教呢？第二天，表姐和表姐夫赶了几十公里的路来到我们家，他们诚心诚意的向我们讨教如何教育孩子的好方法。

听完表姐对侄儿的情况和他们如何培养、教育侄儿过程、方法的详细介绍和描述，我和爱人深深的感觉到表姐她们家在家教上存在的问题，实际上反映了我们的社会中很大一部分人家的共同问题，因此，我们向表姐他们提出如下建议：1、坚决放下做家长的架子，多和儿子"聊天"一道做事、玩乐，走进他的心灵和他做真正的朋友。这里面包含认真倾听孩子的心声，从中了解和感受他的苦与乐，了解和懂得孩子的喜好，尽可能多的找到和儿子的共鸣等等。2、抛弃面子观念，和儿子一道分析生活、学习中存在的问题，制订明确的目标和保证这些目标实现的措施。3、在实现目标的过程中一定要站在孩子的角度去理解和体谅他的难处。发现问题时不要用批评指责的办法，更不能打击和挖苦他。4、千万不能再用父母或别人的长处去比儿子的短处，要想方设法地找到和看到儿子的进步和优点，自自然然的说出来，大大方方的表扬，树立儿子的自信心。5、假若儿子有反复时也不必紧张，持之以恒，坚持不懈，坚信会取得成功。

表姐夫认认真真的记下并表示回去以后不但要按照我们的建议去做，同时还要注意不断学习提高自身的综合素质，真正做儿子的知心朋友。

大约过了半年的时间，表姐和表姐夫又来到我们家里，这次他们带来了侄儿一天比一天懂事，不但生活上能理解、体谅父母，经常帮助爸爸、妈妈做事情，和父母有说有笑，家里时常充满了欢声笑语，儿子的学习成绩也一点、一点在上进的好消息。

一年多以后，侄儿以优异的成绩考上了市里的一所重点高中。

同样一个孩子在父母不同方法的影响下，瞬间就会判若两人。过去表姐和表姐夫是在望子成龙的心理支配下，一方面表现在生活上的包办、娇惯。另一方面又为了自己的面子。儿子成绩差了，父母脸上无光，总感觉在别人面前抬不起头。他们秉承对孩子"严"是爱、"宽"是害的观念，随意按照自己的想法规定儿子的言行，儿子若有违规，轻者受到斥责或吼骂，重者皮肉就会受苦。他们按照社会上通行的习惯把儿子当成产品一样来进行塑造。还有他们特别看重金钱的力量，他们相信挣钱是第一位的，只要有了钱就可以让儿子过富裕的生活和有好的学习条件，也就能让儿子成为高层次的人才等等。结果事实教训和提醒了他们，幸亏他们的及时醒悟，及时调整了对儿子的一系列方式、方法，儿子在宽松、和谐的环境中获得了心灵的舒展，儿子在内心舒展、精神舒畅、不断得到肯定、鼓励的同时逐渐接受、理解、懂得了父母的爱、父母的良苦用心，并将它们化作前进的动力，从而不断的改变自己，不断的修正自己，终于迎来了一点一点的进步，最终产生了飞跃。

从表姐和表姐夫对儿子的教育历程中，我们再次强烈的感觉到家庭教育中的很多思想、观念也需要不断的改革和提高，只有这样我们的家庭教育才可能适应时代的要求，才能够真正帮助孩子更好的、幸福和快乐的成长。

具体说来，家庭教育是学校教育和社会等其它教育无法替代和比拟的，孩子是否能够健康、快乐的成长？是否能够一步步的取得成功？甚至一生的生活质量怎样？最重要、最根本的，主要也是取决于家庭教育对他的影响。

就拿孩子性格的形成来说，除了极少的一部份是受遗传因素影响外，孩子的性格主要是在他小时候生活的过程中父母和其他关爱他们的人对他们的态度和各种关爱的方式、方法的影响下形成的，孩子的性格一旦形成就会伴随他们终身，并且会对他们的很多方面产生重大的影响。因此，我们说家庭教育是不可忽视的！

那么，作为现代的家庭教育我们到底应该采取什么样的方式、方法才是正确的和好的呢？我们认为，具体的方式、方法不能千篇一律，因为每个家庭、每个孩子的具体情况是不同的，但是不管各种具体情况有多复杂，就每个孩子的成长来说都有一条主线贯穿始终，抓住了这条主线就等于抓住了家庭教育的根本，而这条主线到底是什么呢？其实，它就是孩子精神生命这根线。任何有利于孩子精神生命健康成长的方式、方法都是正确的，都是好的。也许有人又要问，什么样的方式、方法才是有利于孩子精神生命健康成长的呢？

我们说，这就要求我们父母和其他关爱孩子的人必须要了解、学习孩子精神生命所涵盖的东西（比如世界观、人生观、性格、情感、意志……）和它们的运动变化规律，以及我们及环境对这些东西的影响和孩子精神生命自身在何种情况下将可能产生变化等等。就拿我们对自己女儿的一些教育来说吧，也许会给大家一点启示。

自从女儿降临到人世，我们首先明确她完全是一个独立的个体，我们不能把女儿当成是我们的命根子，更不能把她看成是我们唯一的希望，相反，我们认为女儿应该有独立的人格、独特的个性、独立的生活，应该有充分的自由，要有完全属于她自己的空间。其次，既然认清了女儿是一个完全独立的个体，我们在和女儿相处时就特别注意平等二字。所谓平等不只是精神思想上的平等，它还包括一家人的互敬互爱、互相帮助，每个人都承担自己应承担的一份责任等等。我们注意平时生活中的点滴小事，利用它们对女儿进行引导和培养，例如每次发现女儿有什么缺点、错误时我们从不以长者的口气去教训她，我们只是根据缺点、错误的具体情况和女儿一道分析它们的严重性和可能带来的恶果。有时该接受处罚时，我们会按照我们和女儿的事先约定，让她口服心服的接受处罚，我们有错时，该认错的，我们决不敷衍，大大方方的向女儿认错或道歉，并坚决改正。女儿小的时候，每次她要吃那些自己喜欢吃的东西时，我们请她一定要考虑我们，很多时候我们不一定喜欢吃，但也要请她喂我们吃，或等爸爸、妈妈到齐了之后，一道吃。久而久之，女儿自然养成了考虑照顾我们的习惯，由互相关心吃东西延伸到相互关心彼此的心情、情绪、思想等，乃至学会关心更多的人。

当女儿在家时，只要没有非常特殊的情况（如身体不适，学习非常紧张等等），一般我们都会请女儿做一些力所能及的家务事，同时在女儿做事的过程中我们从不吹毛求疵对她进行太认真的要求,注意发现她的进步和长处及时进行肯定和鼓励,让她拥有好心情。当女儿有什么困惑、烦恼时,我们总是想法找一些生活中比较积极的,容易被孩子接受的事例或一些故事与女儿聊天、"吹牛",旁敲侧击的让女儿自己去想通,自己去找答案。

另外,我们从不把学习成绩的好坏作为衡量女儿的标准。我们认为孩子除了读书学习之外,还应该学习和掌握生活、社会等很多方面的知识和懂得做人的道理。因此,我们把培养女儿的生活能力,与人接触交往的能力,观察、认识、分析社会问题的能力看成是非常重要的事。在日常生活中我们除了采取聊天、"吹牛"的方式和女儿畅谈、沟通外,还想方设法多和女儿一道玩乐、游戏,对女儿进行潜移默化的影响,以此同时,在女儿成长的过程中我们特别注意培养女儿的独立性。初中以前,只要有可能,我们尽量让女儿自己作主解决自己的事情,初中阶段我们基本上已经放手让女儿自主处理自己的事,我们主要是建议和提醒。比如:在生活的吃、穿、用上面,在女儿小的时候,不具有识别什么是好的、科学和健康的东西的情况下,我们在不影响女儿身心健康的前提下适当采用一些强制性的方法避免她养成不好的习惯。但自从女儿进入初中后,我们感觉女儿无论是认识水平,还是自控能力都已经大大提高了，我们不再采取半点强制性的方法，而是全部让女儿根据自己的喜好自己决定自己的事，我们有不同意见时，仅仅是提供给女儿参考。

学习方面，由于女儿是住校读书，一星期只能回家一天，我们要详细了解到她平时的学习情况实在是不容易，但我们认为这恰恰是好事，因为我们本来就认为初中以前的孩子父母和其他关爱他们的人对他们采取外松内紧的方法进行管理是较合适的。初中以后的孩子由于他们身心都有了很大的发展，父母和其他关爱他们的人逐步应该做到外松、内也要松，因为他们特别需要信任。这时期父母和其他关爱孩子的人应当多关心孩子的情绪、心态的变化及时地帮助他们解决矛盾、消除障碍；多关心孩子的思想感情，了解和懂得他们的理想、目标、追求，用完全平等的方式多和孩子探讨人生的问题和生活的问题，及时发现孩子的长处和闪光点，多加以鼓励；只要我们父母和其他关爱孩子的人充分相信孩子，及时帮助他们消除身心上的障碍，学习问题是很容易解决的。这时期我们就是用这样的思想、方法和我们女儿相处的，女儿通过三年初中学习、生活，不但获得了健康的物质生命，同时她更获得了一个蓬勃向上、充满活力的精神生命。高中以后女儿就像一个成人，她的事情完全由她自己决定、处理。讲到这里，可能有人要问，万一出错，万一孩子走弯路，遭打击，甚至出危险怎么办？很多父母或关爱孩子的人很害怕孩子出错，更害怕孩子出危险，因此，他们对孩子的事情指点了又指点，只要能包办代替的尽量包办代替。因为孩子是自己的命根子，是自己唯一的希望和寄托，万一孩子有什么闪失那真是叫天天不应、叫地地不灵呀！在这些人的眼里恨不得把自己的孩子严加保护起来，有些甚至是只要孩子离开自己的视线，就感到很不放心，真有一种含在嘴里怕化了，放在手上怕飞了的感觉，他们常常提心吊胆生活。我们认为作为父母和其他关爱孩子的人过多的保护会让孩子很柔弱，而难以真正成熟，甚至变得无能、只有建立孩子的自我保护意识，不断培养他们的自我保护能力才是根本，要培养孩子的自我保护意识和能力只有放手让孩子到生活中，到各种社会实践活动中去锻炼，去接受考验。在培养和锻炼孩子自我保护能力的过程中，父母和其他关爱孩子的人必须要在思想上战胜自己，在心理上作好各种准备才能放开手脚。要知道，人的一生几乎处处有风险，谁也不敢保证他或他的孩子是进了万无一失的保险箱，所以大可不必每天担惊受怕的过日子，假若真遇上万一也要勇敢地去面对。

　　女儿在我们开放、民主、和谐、平等，符合孩子身心健康的思想观念影响、引导下，她展示给我们的不仅仅是健康的、充满活动的物质生命，同时更让我们感受到她那富有激情、充满灵性、舒展、自如、蓬勃向上的精神生命。正是这种生命的存在让女儿无论是生活，还是学习都焕发出很大的动力。

初中毕业时，女儿对我们说："我离开你们过了这三年的生活，我感觉我真的长大了，我在获得独立、自主、较强生活能力的同时，比较轻松和潇洒的把学习成绩始终保持在中上水平。进入高中我一定要用新的面貌去迎接新的生活，你们走着瞧吧！"

温馨提示： 父母和其他关爱孩子的人必须要不断的学习才能和孩子共同进步，才容易接受或找到新的、先进的、优良的思想、方法去影响、引导和帮助孩子。

四、关于知识

在孩子的成长过程中除了学习和掌握课堂上、书本中的知识外，还需要学习和掌握大量社会的、生活的和人生的知识，可以说这是家庭教育的一大任务，您是怎样想的和怎样做的呢？

前不久，听我的一位朋友讲述在他家乡发生的一起四个少女集体自杀的事件。这四个少女平时非常要好，她们经常在一起学习、娱乐、讲心里话，她们最喜欢看的书是一些神话、幻想和武侠方面的书，她们常常在网上玩类似的游戏和看一些类似的电视录像片，她们四个结拜成了姊妹，发誓不求同年同月同日生，但求同年同月同日死。一天，其中一位女孩因犯了一点小错误，受到妈妈的严厉批评，还挨了爸爸轻轻的一点打，她无法忍受，她痛苦，她悲伤，她觉得人生太没有意义了。她想到一些神话故事中说的，人死了可以转世重生和人死其实是到一个充满自由、没有压力、没有打击、没有痛苦和悲伤的世界中去了。顿时，她萌生了离开这个世界到那个世界去的念头。她找来了其他三个姐妹，她把她的想法告诉了她们，得到了大家的一致赞成。三个姐妹表示一定和她一道去死，一道去那个她们认为幸福的地方。

四个少女聚在其中一个少女家同时喝下了用于杀虫的毒药，这家的妈妈突然有事回家，当她打开家门，眼前的景象简直把她惊呆了，她努力回过神后赶紧拨打医院的急救电话，经过医生的紧急抢救，三名少女脱离了危险，而那名最先想到死的少女却永远的离开了人间。

这个事件告诉人们用科学的知识武装孩子的头脑，武装人们的头脑是多么的重要。也许有人会说，这四个少女的故事纯属愚昧、低劣的典型，然而，我们认为这也是一部分思想、观念、倾向的典型代表，这正是家庭教育的一些缺失所至。因为我们知道知识的含意是非常广泛而丰厚的，现在有不少的父母和其他关爱孩子的人他们认为家庭教育并不算一门需要认真、系统、深入学习和研究的知识，他们认为他们已经具有比较丰富的生活阅历，他们完全可以凭着自己的经验和感觉把孩子教育好。然而，在他们孩子成长的过程中，当孩子出了很多问题时，这些父母或其他关爱孩子的人又真正感到了着急，到这时有些孩子的问题要解决起来已经是非常的不容易。还有的父母和其他关爱孩子的人片面的将知识理解成只有通过学校和课本上获得的知识才是最最重要的知识，他们长期忽视孩子学习生活知识、社会知识、做人的知识，有些孩子对老师传授的知识掌握得很好，但对生活的知识、社会的知识、做人的知识却很少知道，当他们一旦与社会和他人接触时，各种不适应就出现了。表面或内心的矛盾冲突不断，他们常常处于紧张、恐惧、与外面的世界格格不入的内心痛苦之中。表面看来，由于他们在学业上的成功，他们的人生好像理所应当的会充满幸福和成功，但实际上这部份孩子中除有个别会自己醒悟而主动学习校外知识外，另外那些缺乏生活知识、社会知识和做人知识的孩子，他们往往生活艰难、压抑，精神世界狭隘而凄凉，精神生命非常的脆弱。这也是为什么每年都会有一些孩子走向极端的重要原因。

在一次聚会中，一位老师向我们讲起在她爱人任教的那所高校有一位学习成绩相当好的女学生曾二次自杀，虽未成功，但她始终还是整天生活在郁闷、压抑、自卑、痛苦的阴影里不能自拔的故事。辅导老师和一些同学主动向她伸出了关心、帮助之手，在老师和同学不断给予的理解和热情感动下，她再也无法控制住自己内心的痛苦，伤心、悲愤的情绪如火山爆发一样喷发出来。哭完之后，她对老师和同学讲述了她从小的一些经历和感受，她说："我所谓的学习成绩好，其实是自己从小被父母威逼、重压的结果。我从小父母把我学习成绩的好坏看成是他们生活中头等重要的大事，他们深深的感到严格、下狠心抓我的学习成绩不仅是为了我将来的前途，同时也是为了一家人的脸面。每当我在学习上取得好成绩时他们常常会兴高采烈的表扬我，夸奖我，并慷慨大方的给我很多物质上的奖励，那怕我提出一些不合理的要求，他们也会想方设法的满足我。另一方面，当我的学习成绩下降或出现失误时，家里就象笼罩着晴天转阴天的空气，有时甚至是狂风暴雨。妈妈变得又凶、又恶，不通情理，爸爸变得阴沉可怕，好象会吃人。每次只要拿到不好的成绩我从身体到心里都会颤抖,我的眼泪常常像控制不住的山泉夺眶而出。有时别人说我是自尊心太强,其实只有我才知道那是惧怕加悔恨,再夹杂着对未来不知该如何做的心理茫然。我虽然考进了重点大学,但我除了会读书考试之外,其它方面的知识我知道得非常少,其它的能力我也是极其低下。看见别的同学潇洒自如的谈论着社会上的各种问题,我连话都难以插上,我不善于和人接触、交往,长到十九岁的我可以说没有一个真正要好的朋友。我对人要么是怀有妒嫉而充满敌意,要么是看不上、瞧不起而不愿意搭理,我始终和别人保持着难以接近的距离。我表面上傲气,其实是我心中充满了自卑,我觉得生活太无聊,人生简直没有什么意义。"

从这个实例中我们清楚的看到家长缺乏家庭教育的知识,他们不懂得孩子的天性,不了解、不关心孩子的精神生命,他们用他们的爱、用他们的思想、用他们的经验伤害着孩子、摧残着孩子。而这些被伤害和被摧残的孩子们的精神世界已变得狭猋,心里承受能力极差,精神生命极度脆弱,甚至随时都有被毁灭的危险。请看如下报道。

2007年5月8日至17日,在短短数天内,北京相继发生了5起高校学生坠楼身亡事件。5月15日,北京师范大学校园内一名女学生从校内科技楼11层坠下,当场身亡。5月16日中午,中国人民大学一名博士研究生坠楼身亡。5月8日，北京石油化工学院一名大二学生从主教学楼坠下身亡。5月14日凌晨，清华大学一名女生从该校一栋学生宿舍7层坠下身亡。5月14日下午，中国农业大学西校区内的一名大二男生坠楼身亡。

多么悲惨，多么触目惊心，发人深省啊！人们在悲痛之余不得不问，这些学习上的尖子、未来的精英和栋梁们到底是为什么呀？据后来调查分析得知，有的可能是因家庭经济困难和学业困难的双重压力，有的可能是因为论文过不了关，有的可能是人际关系紧张和对环境的极度不适应等等。总之，各有各自的原因和理由，然而仅仅是这些所谓的原因和理由就该这样吗？我们说真正的原因应该是在我们的教育，尤其是家庭教育的失误上。

按理说，这些危机者，他们已是知识层次较高的人，但实际上，他们在具有很强专业知识的背后恰恰缺少了生命教育、社会教育课的知识，他们根本不懂得尊重生命和珍惜生命的深刻道理，因此，他们从根本上不懂得生命的价值和意义，在他们身上极度缺乏怎样了解社会和在社会中如何与人交往、相处；如何在社会中求得较好的生存和发展；以及遇到困难和挫折时如何调整自己；如何战胜困难和挫折等等的知识。人生本来就充满了艰难和曲折，作为学生平时不但要学习懂得课堂上专业方面的知识，同时还应该多学习和懂得社会的、人生的和自我调控的知识,有了这些知识,人的心智就会不断的变得丰富而成熟,人的精神生命就会强大无比,任何困难都会被战胜,人生自然就会变得灿烂、辉煌!

孩子了解社会和懂得人生的知识以及形成良好的心理素质,在很多情况下是需要父母和其他关爱他们的人从小对他们施以不断的教育和培养而得到的,然而,我们从很多危机者的表现中深深的感到他们大多数都是缺失了生命知识教育、社会知识教育和人生观、世界观等等方面知识教育的。这不得不让我们作为父母和其他关爱孩子的人们引以为戒和高度重视,但愿今后不再重演类似的悲剧。

回想我们对女儿的教育,为了让我们女儿具有坚强的精神生命,让她的人生尽可能多的充满幸福和快乐,我们对女儿从小就注意影响、引导她,多了解、学习学校以外的知识。

学龄前,女儿特别喜欢做游戏和听故事,于是我们把人是怎样出生的? 应该如何看待生命、热爱生命? 怎样用积极、乐观的态度和思想去看待人生,去看待世界等等问题和解决、处理这些问题的思想方法通过游戏的形式向女儿表达。同时我们把我们的一些典型经历和感悟编成故事，在女儿想听故事的时候讲给她听，女儿在不知不觉中精神世界得到了丰富，精神生命得到了洗理，一步步的坚强起来。

记得在女儿四岁多的时候，我们做了一个自创的至今都叫我记忆犹新的游戏，它的名字叫《幸福妈妈》。我们是这样表演的。我和女儿一道找来枕头、衣服、毛巾、洋娃娃、奶瓶等等道具，我们把枕头和一些衣服放在自己的肚子前面固定好，然后穿好衣服装扮成怀孕的妈妈。看好时钟，我们规定一分钟就等于妈妈怀小宝宝的一个月，然后，我们在十分钟之内要做好几件事情。第一件，是从准备的一大堆乱七八糟的东西中挑选、整理好给小宝宝穿的由里到外的几件衣服、几条裤子。第二件，是挑选整理好两双鞋子、两双袜子。第三件，是准备好喂小宝宝的奶瓶和几样餐具。看谁做得既快、又好，她就是好妈妈，就得到奖励。我用时快时慢的动作和一定要胜利的"加油"声制造着活泼、激烈的气氛，实际上我假装做得比女儿慢，比女儿差，女儿通过努力战胜了我，她高兴得拍手叫好，我和爱人一人给女儿一个深深的吻，爱人将女儿抱起来说："我们的女儿真行。"我说："下次比赛我一定要拿第一"。

接下来是"生宝宝"。爱人扮成医生指导我们，并为我们接生小宝宝。当我躺到床上时，女儿笑得前仰后合直不起腰，我通过努力生下了小宝宝，我露出了幸福的笑脸。女儿也学着我的样子，在"医生"的帮助下把小宝宝生了下来，女儿是那样的高兴和开心，她抱着洋娃娃认真地给它穿好衣、裤、鞋、袜，然后抱在怀里用奶瓶做着喂奶的动作，好像真是她生下的宝宝似的。通过这个游戏和在游戏中我们的介绍，我们感觉女儿明白了人是怎样出生的，生命的来之不易，以及产生生命的基本知识，女儿爱我们和爱她自己的思想、感情大大增强了。

女儿三岁时我们家自编自演了一个小话剧，叫《小白兔智斗大灰狼》。在这个话剧中我们力求塑造出一个可爱、聪明、会保护自己，善于与邪恶作斗争的小勇士形象。

我扮演大灰狼，女儿扮演小白兔，爱人扮演小白兔的妈妈。一天，妈妈有事出门了，小白兔在家里边玩、边照看家。突然，一只狡猾的大灰狼不吭不响的来到了小白兔家门前，它先用手推了推门，推不开，这时它眼睛一闭计上心来，它装成老大爷的声音对小白兔唱道："小兔子乖乖把门儿开开，快点儿开开，我要进来。"然后说："小兔子，我们是好朋友，我来和你玩。""不开，不开，也不开，妈妈没回来，谁来也不开。"聪明、机智的小白兔一边唱、一边从门缝中往外看个究竟，这时它发现一只狡猾的大灰狼正躲在它家门口对它唱歌。小白兔顿时想起了妈妈的话：无论遇到什么危险，只要沉着、冷静、不慌张，开动脑筋想办法就一定能化险为夷，小白兔轻轻找来大木棒把门抵牢，然后继续唱道："不开，不开，也不开，妈妈没回来，谁来也不开。"大灰狼这计不成，便装得灰心丧气的样子说："不开就算了，我走了。"然后假装走了。过了一会，大灰狼又装成小白兔妈妈的声音说："小白兔，妈妈回来了"，然后唱道："小兔子乖乖把门儿开开，快点儿开开我要进来。"这时的小白兔没有急着开门，它仔细辨别声音，终于它听出了这不是妈妈的声音，它知道这又是大灰狼的骗局，为防止万一，它取来了家里的猎枪，作好应对危险的准备。当大灰狼感到无计可施凶相毕露即将强行破门时，小白兔端起猎枪从窗子的小洞"啪啪"两枪，大灰狼应声倒下。妈妈回来后高兴地表扬了小白兔。游戏虽然简单，但女儿在其中深深的懂得了人在生活中会有多种危险，我们必须要学会保护自己，要保护自己除了必须提高警惕外，还一定要有保护自己的本领，要善于识别真与假、善与恶，要胆大心细、沉着冷静，勇敢的同邪恶作斗争。在女儿幼小心灵中一种不断学习，掌握识别邪恶和凶险，保护自己，珍惜生命，热爱生活的种子在不知不觉中被种下，并慢慢孕育发芽。

除自编自演节目之外，我们将我们经历中的一些遭遇危险和挫折，走过的弯路，以及我们是怎样认识社会和人生，怎样与各种人打交道，怎样面对挫折，战胜困难的典型事例，用摆故事的方式讲给女儿听。女儿从我们的经历中不但认识和懂得了我们，同时也得到了很多启示。

在我八岁的时候，一天，我和几个伙伴玩得非常的高兴，在穿过一条公路时，伙伴们跑得很快，他们迅速的穿过了公路。落在后面的我焦急万分，这时在我的右边是一个巨大的桥墩，我快速的扫了一眼我的左面，没有车，我一头向路的对面冲去，只听一声刺耳的"吱"在我的右边响起，一辆大货车正向我冲来，我惊呆了，傻傻的站在路中间。大货车冲到我伸手就能摸到的位置停下了，驾驶员飞快地跳下车来，气冲冲地冲到我跟前，一只大手举在空中，他牙齿咬得咯咯直响："嗯，你他妈的。"可能是看我太小、太弱，不忍心或看我本身已被吓坏了，没必要再揍我吧。他又淡淡地骂了一句："你想死啊！"

就这样，在幸运中我捡回了一条命，我对女儿说："如果我那时死了，现在就没有我们这个家了，也没有你的存在了。"女儿的眼睛直视着我听得入了迷，故事摆完后她深有感触地说："爸爸，真的，我们大家都太幸运了。今后我们一定要多多的学习和掌握保护自己、爱护自己的方法，同时为了我们大家的幸福，一定要多加小心。"爱人说："是的，人的生命是一，其它的都是零，没有了生命就等于什么都没有了。"

珍惜生命，热爱生命，并不是教孩子去贪生怕死，而是让孩子懂得人生的价值和生活、生命的意义。为了让我们的女儿逐渐的懂得人生的价值和生活、生命的意义，我们经常采取创设情景的方法，让女儿在身临其境中感悟体会如何与人相处，如何用积极乐观的思想和心态去看待世界，如何克服困难去实现自己的目标。

记得从女儿三、四岁开始，每当我们和女儿一道外出时，我们时常会根据外面的不同情况用假设和生动、形象的方式刻画出一些如果粗心大意就可能带来的危险、损失和伤害。我和爱人时常装扮成各种角色，其中有给女儿提供帮助和关爱的好人，有对女儿进行引诱、哄骗甚至是侵害的坏人，通过各种情况的模拟，教会女儿如何正确防卫、保护自己，如何理解别人的帮助和关心。以此同时，无论在家里，还是在外面，只要有能让女儿与别人打交道的机会，我们都尽可能的让女儿单独去做。比如买车票、买门票、问路，以及其它各种咨询等等。女儿通过这些活动既锻炼了自己的胆识，又学到了很多知识，她的独立性和自信心就在这样的锻炼中逐渐强壮起来。

　　每个月我们家都要给奶奶一定数量的钱，让她老人家的生活过得好一点，每次我们都是请女儿单独把钱拿给奶奶，当女儿把钱送到奶奶的手上时，奶奶总是既高兴，又舒心，经常还会客气几句，她的神情完全表现出对女儿的夸奖。乐滋滋的女儿从中感受和体会到了敬老、爱老、关心他人所带来的愉快和幸福。

　　随着女儿的逐渐长大，只要有机会，我们都会让女儿请要好的同学到家里来玩，在他们玩的过程中我们能回避尽量回避，对他们的活动从不干涉。女儿在充分的自由、轻松、内心舒畅的心境和环境中与别人相处，在这样的相处中女儿的很多聪明才智自然得到释放，同时她的容忍性和包容度也不断得到增强，她很容易就能和别人建立起和谐、友好关系，从中又更好的感受和体会到了生活的乐趣。偶尔女儿在与人交往的过程中也会遇到一些困惑、难题，但由于我们的民主和开放，以及我们对她的理解，她从不憋闷在心中，每当她把心事向我说出时，我们总是根据具体的情况向她提出一些建议，由她自己分析、处理。

　　通过我们的影响、引导，以及大胆地放手让女儿锻炼，女儿不仅懂得和学会了很多课堂和书本以外的知识，反过来，这些知识对她的课堂学习也有帮助，她的思路始终比同龄很多孩子的思路广，而且具有很大的灵活性。这也是她一直能够较轻松地保持较好学习成绩的重要原因之一。

温馨提示： 不要片面的只盯着孩子学习书本上、课堂上的知识，要想孩子具有强健的精神生命父母和其他关爱孩子的人必须要影响、引导和帮助他们尽可能多学点生活的、社会的、人生的等等方面的知识。

五、关于意志

> 如何培养孩子坚强的意志品质，它是对每位家长教育智慧的考验。您一定想学怎样习做一位聪明的家长。

一个人在获得了爱、亲情和友情的同时，又具有健康的观念和丰富知识的情况下，要克服生命的脆弱性还必须要有坚强的意志。那么，坚强的意志从何而来呢？大量事实证明，它是在人的生命成长过程中通过不断的锻炼和磨练，有时甚至是经过严酷的考验后逐渐产生出来的，要想孩子具有坚强的意志，作为父母和关爱孩子的人就应该从点滴的事情做起，提供各种机会，创造各种条件，让孩子经常得到锻炼和磨练，甚至严峻的考验。

现在有不少的父母和其他关爱孩子的人总是认为时代不同了，现在的社会条件、经济条件等都大大的好于过去，孩子理所当然的应当享受舒适、安逸的好生活。父母们出于对自己孩子的爱，出于自己的勤劳，他们几乎处处为孩子着想，事事为孩子代劳，无形中他们就剥夺了孩子得到锻炼、磨练的机会，孩子的意志在不知不觉中变得薄弱，精神机体变得营养不良，精神生命变得格外的脆弱，当困难和考验来临时，他们有的恐惧、退缩，有的干脆倒下。

我的一位同学不久前向我诉说他十九岁的儿子多次让他们伤心失望的事情。儿子两次高考都名落孙山，而且考试的成绩是一次不如一次。第一次高考临近时，本来平时主要靠小聪明成绩就不太稳定的儿子，面对紧张、繁重的复习，面对一次又一次的考试竞争，眼看着别人的成绩逐级而上，自己的成绩要么原地踏步，要么不断滑坡。他感觉自己找不到头绪，一点也不如别人，高考肯定是考不上了。他每天都在紧张、焦虑、烦躁中煎熬。

第二年，儿子一点也不想再补习，但爸爸、妈妈认为儿子不读大学今后很难有出路，况且儿子第一次高考成绩离录取线也不太远了，只要再加把劲，努力一年考取一所好大学应该是没问题的，因此，他们无论如何都要求儿子补习一年再考一次。儿子觉得他每天都在痛苦中度日，父母的期望，周围人的眼光，以及每天要面对的大量难题他实在受不了，他找不到战胜这些困难和压力的力量。一时间，既没有新的出路，又不能违背爸爸、妈妈的愿望，唯一的只有混、只有拖，再也没法顾及最后的结果。

同学不断发出感叹说，为了儿子我们夫妻俩可以说在各方面都非常的努力，关心照顾儿子我们差不多是全身心的投入，为什么儿子就这样不争气呢？

同学接着说：我们开了一家饮食店，开始生意不太好，我们起早贪黑地做事，想方设法的把生意做活，那时，儿子还小我们把他长时间的丢给外婆管，总觉得心里过意不去，对不起他，有时感到很内疚。后来我们的生意红火了，有了钱，又增加了帮手，我们当机立断由儿子的妈妈回家专心专意地带好儿子。

爱人是一个细心的人，原本不算勤快、能干，但为了儿子她改变了自己，一步步的成为非常勤快、能干的人。就拿每天为儿子弄吃的来说吧，爱人不断的搜集，总结了很多对促进儿童生长，提高智力，让孩子既获得丰富的营养，又避免负作用的食品制作配方和喂养的方法，每天变换着给儿子做，用科学的方法让儿子食用。儿子在每天保证睡眠时间的前提下，什么时间该做什么活动，什么时间应该吃什么、玩什么、干什么，被安排得井井有条。什么绿色食品、纯天然食品、补充微量元素，促进智力等等真叫你眼花缭乱。在玩的上面那是有计划、有章法的带领、安排儿子高兴的玩，想方设法在玩的过程中给儿子灌输文化知识，除此之外，还有比较周密、详细的学习计划，努力使儿子获得比较理想的发展。

平日里儿子遇到学习以外的困难，他妈妈会千方百计地帮儿子解决。学习方面，除了送儿子进一些专门的学习班外，还针对儿子的弱项专门请了几位家庭教师。可以说，儿子的生活、学习条件是非常优越的……

我们这位同学带着疑惑，不停地讲了很多关于他儿子生活、学习、成长的故事，从中我发现没有一件事是他们大胆的、积极主动的放手让儿子按照自己的意愿去干，去克服困难，去实现自己目标的。可想而知，儿子长期被父母按照自己的意愿安排、指导、全面呵护，他没有了锻炼和磨练的机会，他哪来的主见，更谈不上会有坚强的意志，难怪儿子在高考面前轻意就败下阵来。

讲到这里，我想起了一个我亲眼所见的真实故事。2001 年秋季的一天，我观看了一所学校举行的运动会开幕式，开幕式上各种漂亮、精彩的节目一个接一个，正当人们兴高采烈的时候突然天下起雨来，雨虽不算大，但雨点落在人们的头上、脸上也有些冰凉的感觉。这时，正应该由小学组的同学上场表演，怎么办？老师们在着急。是继续？还是停止？或者先打乱计划，把小学生的节目推到后面？雨不停，作节目调整等于零。

脆弱生命的支撑

"我们培养的不应该是温室里的花朵，应该借此机会锻炼孩子的意志。"一位班主任老师说道。经过商量老师们决定表演继续进行。然而，此时场外的很多家长坐不住了，有的找到老师，甚至找到校长要求停止表演，有的家长相互议论，对老师们表现出强烈的不满。有的说："不是他们的孩子他们怎么会心痛。"有的说："还不是为了制造好印象，好名声，……"老师们尽力向家长们作解释和说服工作，很多家长根本就听不进去，家长们吵吵嚷嚷，有些家长甚至露出凶相，最后有个别家长干脆冲到表演现场拉走了自己的孩子。表演不得不停止。

这就是我们一些家长对孩子的爱。由此，我又想到不少的父母把孩子作为他们的命根子、他们的未来、他们的全部，他们全心全意地去爱自己的孩子，去保护自己的孩子，孩子在他们的爱、他们全心全意的呵护下，吃不得一点苦，受不得半点罪，孩子们不但习惯了父母为自己考虑好一切，安排好一切，同时更习惯父母做自己的开路先锋和有力的帮手。孩子们在家长"强有力的翅膀"保护下、"聪明的智慧和勤劳的双手"代劳下，跨入一个又一个阶段，然而，他们的毅力变得越来越差，他们的精神生命变得越来越难以承受各种困难和挫折，这也是为什么一些孩子在关键时刻选择退缩、消沉、甚至倒下的重要原因。

这不得不让人深思、警醒！自从我们女儿出生后我和爱人就经常讨论、商量如何才能让她具有坚强的意志品质，我们抓住生活中的各种能锻炼、磨练儿女意志的事情，循序渐进的去锻炼、磨练女儿。

在女儿两岁多的时候，有一天，我们一家人去奶奶家，我和爱人事先商量好让女儿步行到奶奶家，虽然奶奶家离我们家有三公里多的路程，但根据女儿的情况我们感觉这时完全可以锻炼她独立的走完这段路。我们知道两岁多的孩子一下子要走这样远的路程，而且中间有一段是崎岖不平的山间小路，困难是可想而知的。当女儿累了不愿再走时，我便鼓励她说："我们的可笑真能干，要是奶奶知道了我们的可笑是自己走到奶奶家的，肯定会非常高兴的，奶奶在家里等着我们呢，我们的可笑是个非常了不起的小英雄。"爱人则根据情况有时讲一个小故事给女儿听，有时引导女儿观看路边的花、草、树、虫子、小鸟等等，让女儿分心，帮助她克服困难，度过身心上的难关。

我们就这样走走、停停，停停、走走用了足足半天的时间，最后终于走到了奶奶家。奶奶知道后既心痛，又高兴。

随着女儿的逐渐长大，我们家自己命名的各种野外活动经常进行，每次我们都计划安排好一些能够磨练意志的活动。至今我们还清楚的记得，在女儿八岁时我们家搞的一次吃苦"夏令营"活动。在那个暑假的一天，我们趁着女儿的两个表姐和一个表哥到我们家玩的机会，由我爱人提议我们大家第二天步行到一个离我们家有十几公里远的好地方去玩。为了确保这个活动能顺利进行，我和爱人事先就想好一些能够使孩子们兴奋和激动的内容。有游泳玩水，有到农家菜地亲自采摘，有观察分析花、鸟、鱼、虫，有蹬高远眺美丽的湖光山色等等，另外，我们还设立了一些奖项，但我们有一个条件就是，只许带少量的干粮和少量的水，中途不补充干粮和水大家必须要有计划地节约使用，看谁的毅力和耐力最好。孩子们听了非常高兴，一致表示第二天坚决参加这个活动。

第二天，我们象军人一样，早晨六点起床，没有平时的早餐可吃，六点半就准时出发了。大家一边尽情地呼吸着清晨的新鲜空气，一边有说有笑的边玩边走。走着走着，太阳一下就从东方升起来了，金色的阳光洒满了大地，阳光映照在孩子们的身上，他们显得特别的精神饱满，以此同时，气温在升高，大家逐渐感到热和渴已向我们袭来。

走了大约两个小时，大家都觉得比较累了，我们便停下来休息、吃东西。平时孩子们吃、喝都是各顾各，很少考虑别人，今天因为事先就交待了干粮和水都较少，因此，大家在自己节省的同时，还表现出了谦让的姿态，休息了半个多小时后，我们接着赶路，大约在上午十点半钟，我们到达了目的地，大家舍不得吃东西，只少量的喝点水。我们走到一个农家去参加他们摘辣椒、摘西红柿、收白菜等活动。对于从未干过此类农活的孩子们来讲，他们既感到新奇，又感到高兴。

干完农活我们又爬上了很高一座山的山顶，放眼一看，一个边沿弯弯曲曲、绿草丛生，里面装满清澈、光亮的水，中间冒出很多小岛，不时还有几只小船在水上摇荡，面积达十几平方公里的人工湖。据我所知这是一九五八年"大跃进"时国家花费了很多人力、物力修造的，当我告诉孩子们时，他们简直不敢相信。的确在过去主要靠人力的情况下，修造这样大，且平均深度达 3 米的湖就是大人也难以想象。站在高高的山顶上欣赏着美丽的湖光、山景，虽然在夏日，但从湖面上吹来的阵阵凉风，让大家感到的只有一个字——爽！孩子们不时的高声呼喊："嗨！好爽啊！嗨！我来了！……"

等兴奋渐渐平静下来时，大家不约而同的都感到肚子咕咕在叫，我们找到一处大树下又是吃、又是喝，转眼间干粮和水就被消灭得干干净净，但大家的肚子还是感觉空空的，但大家没有怨气，更没有难过表情，大家你看着我笑，我看着你笑，时不时地伸手打打对方……

我们接着游泳、玩水，到下午四点过钟我们整装往家里赶。才走了不长的一段路，这时，大家真正明显的感到了什么叫做累、什么叫做饿。女儿说："爸、妈，我走不动了，我好饿呀！"妈妈说："你看哥哥、姐姐们好行，他们好坚强，我们一道向他们学习好不好？"话音刚落，女儿的表哥说："我的肚子比前面在山顶上叫得利害多了，我也走不动了。"两个表姐虽没说话，但明显的也有迈不动腿，要倒下去的感觉。我知道这是孩子们身体运动到达了一个极限出现的感觉，这时如果让他们停下来很可能就会真正的走不动、甚至倒下，同时，这是真正锻炼他们的毅力，磨练他们意志的好时机。我灵机一动计上心来，我说："不知道你们注意没有，反正我注意到了前面不远的那个转弯处有一个果园，干脆我们加把劲赶到那里给大家买点水果吃怎样？因为事先也没有规定中途不可以吃水果。"女儿的表哥一听差点跳了起来，几姊妹一听也都拍手叫好，大家打起了精神，脚步明显的加快多了。

走了几公里都没有看见果园，更没有吃上水果，但前面大家那个疲惫不堪的面貌已经被一扫而光，只不过时不时的"骂"我几句。接着，我们进行了几次短暂的休息调整，爱人也借用一些小故事分散大家的注意，同时用一些鼓励的语言激励大家。我们互相鼓劲、加油，经过四个多小时的步行终于回到了家。

过了十几年后的今天，只要我们提起那次活动，女儿她们几姊妹个个记忆犹新，她们说："那是一次铭刻在我们心中的，太有意义的活动。"除此之外，我们还有一种和女儿相处的方法，那就是每隔一段时间，我们请女儿当一天家长，在这一天里我们则成了她的孩子，家里的所有事情全由她考虑、决定，并组织、安排，我们全听她的指挥，做好各种辅助工作。通过这样的活动，我们明显的感到女儿不但获得了生活的能力，同时她的耐心和意志力也在增强。再者，无论女儿遇到什么困难或疑问，我们从不先入为主，更不会积极主动的去帮助她。每当女儿向我们求助时，我们常常是先安慰她，后鼓励她。在我们的言行中始终传递着一种对女儿具有坚定信心的信息，让女儿在无形中获得一种战胜任何困难的信心和力量。

记得女儿在读初一下学期时，曾有一次，她从学校回来显得没精打彩，说话做事总是心不在焉，甚至食欲都不太好。我们感觉她不象是身体不适，更象是心中有事。果然，晚上她向我们拿出了她近来较长一段时间班里的考试成绩统计表，妈妈看后没说什么，她把统计表慢慢的递给了我，我拿过来仔细一看，原来统计表上总共统计了四科考试成绩，结果女儿有三科不及格，另外一科也才是勉强及格，显然，她已掉到班里的中下。

一家人沉默了片刻后，妈妈说："我们很想听听可笑的想法"。女儿用有些沉重的语气对我们说："上学期自己凭着小学的基础加上刚进初中又是住校学习的热乎劲，以及同学们在陌生环境中的拼搏精神，因此，学习成绩还算可以。这学期开学不久自己就觉得有一种疲惫的感觉，做很多事情都是采取拖或应付的态度，同学间彼此熟悉了，聊天、娱乐、嬉戏的时间越来越多，要求学习的心情和愿望则越来越少，所以现在出现这样严重的状况。"

我说："从我们可笑（昵称）简单的几句话中，我们知道我们的可笑是一点都不糊涂的，你看，她很清楚事态的严重，又知道问题的原因，那下一步不就是如何具体做的问题吗？我觉得只要可笑拿点意志力出来，排除各种干扰，克服现有的困难，鼓起精神战胜自己的不足是不成问题的。无数事实证明，我们的女儿完全是具有坚强意志力的，我们坚决相信目前这种状况只是暂时的。"

听完我的话，我发觉女儿轻松了许多，她那沉重的表情慢慢消失，眼睛里焕发出一种充满自信和希望的光芒。我对女儿做了一个加油的动作，说："就看你的了。"女儿说："我是该好好反省、努力了"。不久，女儿就克服了多种干扰，恢复到正常的状态。

女儿读高中的三年，我们针对女儿长期得到锻炼和磨练的情况，相信她在自理能力方面，不但能够很好的照料自己，而且完全能够比以往做得更好，在自律方面，不但能够把握好自己，而且能够逐步学会应对更复杂、困难的事情，包括环境、生理、心理等等方面的难题。因此，我们通过和女儿商量后，决定在女儿就读学校的附近租一间安全、清静的房子由女儿单独居住，自主生活，自主学习。每天，早餐和中餐女儿一般在外面买来吃，下午放学后她顺便买点菜回去自己做饭吃。每个星期六下午回家，星期天下午又赶回住处。在这样的生活中，我们发现随着女儿一天天的长大，她的思想、言行快速的透露出她的成熟与老练。偶尔，一星期的中间我们去看她一下，顺便给她带点吃的和一些生活用品，女儿总是劝慰我们说："你们工作够忙的，时间紧，人又累，不用你们操心，我能行的。"

女儿租住的小房子由于是砖混结构的单层房子，每到夏天屋顶被晒得滚烫、滚烫的，一走进去一股浓浓的热气就向你赴来，身在其中就像在一个大蒸笼里似的，每天晚上女儿就在电风扇送出的暖风中学习、休息。她用坚强的意志力排解着孤独，忍受着寂寞，朝着自己心中的目标努力，尤其是从高二下学期起，女儿小房间中的电视机一年多从未打开过。女儿的学习成绩从高一在班里是默默无闻，到高二常常是班里的前十名左右，进入高三几乎都是一、二名，最后几次高考模拟考试，以及正式高考的成绩女儿都是班里的第一名。

其实，我们认为女儿考试的成绩并不是最重要的，而最重要的是她在取得成绩的过程中的那种独立、自主、坚忍不拔、勇于拼搏的精神和通过较长时间的自己独自学习、生活所获得的读书、学习以外的很多生活和人生的体验，可以说，一方面它们是女儿坚强意志力的重要来源，另一方面坚强的意志反过来又促进女儿一步步走向自己的成功。有了这种坚强的意志，女儿的精神生命自然变得强健无比。

温馨提示： 在孩子强健的精神生命中，坚强的意志品质是必不可少的，而这种品质又只能来源于平时的多种磨练，因此，父母和其他关爱孩子的人必须多创造和提供磨练孩子意志品质的机会！

第三章　扭曲生命的避免

生命怎么会扭曲呢？通常人们看到的人的生命只是人的物质生命，物质生命一般只存在健康或病弱、存在或消亡，不好用扭曲来判断，然而，隐藏在物质生命中的精神生命出现扭曲的现象却是司空见惯，例如、徐力杀母、贵州安顺双胞胎姐妹毒死自己的亲生父母、还有很多抢劫、偷盗、残害同学、残害朋友等等行为明显的表现出所为者精神生命扭曲的现象。

那么，人的精神生命为什么会扭曲呢？我们通过研究后发现，那些被扭曲的精神生命在其成长过程中不但缺少正确的关爱，而且常常遭到压制、打击等各种伤害，日积月累，在其无法调整和难以控制的情况下导致出不同程度的扭曲。

作为父母和其他关爱孩子的人到底应该怎样做才能避免孩子精神生命的扭曲呢？

一、学会接纳与包容

接纳与包容自己的不足，甚至是缺点、错误，以及那些与自己意愿不一致的人和事，并不是要对它们姑息迁就和没有自己的主见，这就像收回来的拳头，目的是为了更有力的打出去，从而更

扭曲生命的避免

好地克服、纠正自己的不足、甚至是缺点、错误、练就宽广的胸怀、得到阳光般的心理。具体该怎样做呢？

2007年2月2日，一件让人触目惊心的事情在我们身边发生。两个十几岁的男孩在光天化日之下殴打、欺负一个女孩，一位过路的成年男人看不下去后说道："太不象话了，怎么能这样？还有王法没有？"于是两个男孩把目光转向了这位成年男人。这时一个男孩骂道："关你屁事。"成年男人说："不许欺负人。"紧接着那个男孩从身上拔出了尖刀，冲向这个成年男人，另一个男孩紧紧地跟上，成年男人还未来得及防卫，一把尖刀已刺进了他的大腿，另一把尖刀也插进了他的臀部。两把尖刀分别刺了两刀后，两个男孩便扬长而去。伤者被送往医院后，因失血过多，抢救无效死亡。

这其中一个凶手就是我一位朋友的孩子，叫陈立昕（化名）。听到这个消息后，我怎么也不敢相信，我实在无法将我印象中那个听话、聪明、乖巧的孩子和现在这个凶狠、残暴、目空一切的凶手联系起来，带着诸多的疑问和我内心的不安我走访了几位朋友和陈立昕的家人，我清楚地看到了一个孩子精神生命轻易被扭曲的过程。

一位与他们家走得很近的朋友向我介绍说："只要稍

微留意就会发现，立昕这孩子是由于太聪明、太要强而又不懂得人在很多时候是需要接纳和包容自己和他人的缺点或不足的，同时又在父母自私与狭猛的思想，行为作用下，走极端所害。

记得小时候的立昕是那样的可爱、逗人喜欢。他不但能讲会说，嘴巴甜，对人有礼貌，还会背很多唐诗，会唱不少的歌，大人和他玩智力游戏常常没有他反应快。看着他蹦蹦跳跳，兴奋欢快的样儿，你会由衷的喜欢他。

自从读书以后，立昕渐渐的就像变了一个人，才小学三年级他已变得特别'懂事'，他经常比大人还忙，不是做作业就是看书，不是看书就是学画画，有时好像跟别人多说几句话都怕浪费了时间。听他爸爸说，立昕的学习成绩在班上是数一数二的，还经常得到老师的夸奖呢，有几次老师还把他作为大家学习的榜样。每当讲到这些立昕的爸爸、妈妈脸上总是露出一种欣喜的笑，用立昕爸爸的话说，我和老婆都是吃了缺少文化亏的人，我们这辈子是没什么希望了，现在唯一的希望就是要儿子有好的学习成绩，有大的出息。

然而，当立昕进入初中后，渐渐的情况开始变化了。记得，在立昕读初一时他们家曾经发生过这样一件事。第一学期期末考试结束时，立昕一回到家,爸爸、妈妈问他考得怎么样？立昕说：'还可以。'发成绩册那天立昕早早的就来到了学校，他心想，凭自己的努力和认真，这次期末考试成绩应该可以达到班上的前几名。但当他拿到成绩册打开一看，他愣住了，主科当中有一科不及格，另二科勉强及格，不要说能排到班上的前几名，就连班里的中等水平都达不到。那时，他想哭，但又觉得没脸哭。他想叫，但又没有勇气叫。他怕面对老师，更怕面对同学，他一口气跑回了家。

家里空荡荡的就像死一般的寂静，但立昕的胸中就像汹涌的浪潮在翻腾，他呆呆地坐着，心脏就像被重锤使劲敲打的大鼓，咚咚震响。脑子里乱成了一团，他用呆滞的目光环视着四周，突然，脚边电饭锅上的电源线唤醒了他。这不就是爸爸经常用来吓唬自己的鞭子吗？这里面包含着爸爸、妈妈对我的一片心和对我寄与的厚望啊！现在我辜负了他们，我理应受到重罚。他小心翼翼地拔下那根电源线放在手上看了看，然后决定向爸爸、妈妈请罪。他在请罪书上写道：

爸爸、妈妈：

我是一个不争气的人，我对不起你们，我这次考试的成绩肯定会令你们失望，让你们伤心。你们为了我是那样的辛苦、那样的劳累，我却用这样的成绩回报你们，我请你们罚我，用鞭子狠狠地抽打我，这样我才会好受些，抽打我吧！

立昕将电饭锅的电源线作鞭子压着成绩册和请罪书，把它们放在家里最显眼的桌子上自己到另一间屋里跪着等候爸爸、妈妈回来。

爸爸回来后，仔细看了成绩册，又看了看鞭子和请罪书，他断定儿子就在另一间屋里。他想了想，一时间也想不出还有什么更好的处罚儿子的方法，他咬了咬牙，憋着一肚子气干自己的事去了。没多久，妈妈回来了，看了成绩册和请罪书后说：'还说这次考得可以，怎么样？我早就说过的嘛，读初中不会像读小学那样简单、容易，这回应验了吧。现在搞这些装模作样的动作，难道要我们同情不成？'她跑到里屋一把将儿子拉了起来，一边说：'看你这付傻样，真不知我们为什么会生出你这样的孩子。'

立昕想：爸爸虽没有说什么，更没有对我做什么，但他只是没有合适的时机爆发而已，他的行动已完全证明了一切。妈妈呢？她的每一句话就像一把把锋利的尖刀不断地戳我正在流血的心。"

朋友继续说："其实，立昕进入初中后也是很努力、认真的，现在我们想来可能除了学习方法上有问题外，更重要的还是父母的态度等其它因素的影响，导致他几乎每次考试的成绩都不理想。立昕的爸爸由于过去读书少，无奈当了一名修理汽车的工人，虽然他对修理汽车的技术是那样的娴熟、精通，然而，工作又脏又累，还常常被人瞧不起，同时他还深感自己收入的微薄，因此，他无法容忍立昕的学习不好，他生怕立昕走自己的路。立昕每次考完试后，他总是详细询问考试情况，最后认真落实考试成绩。当考试获得好成绩时，爸爸的眼睛总会放射出慈祥而喜悦的光芒，他会用亲切的语气和娃娃式的笑脸对立昕进行问寒问暖的关心，当立晰没有考好时，他就沉着脸，说不出话来，好像什么都和自己过不去。

妈妈作为一个靠给别人打工挣钱的工人，她同样体会到生活的艰辛，她希望儿子将来有好前途的同时，能为自己争口气，能为家里争点光。因此，在面对儿子考试成绩的时候，她虽没有像立昕爸爸那样表现出巨大的反差，但当儿子考不好的时候她常常显露出一种不能自控的痛苦和失望。立昕感到自己身上负有太重的重担，他想学好、考好，可是自己在每次考试的面前不是心慌意乱，就是胡思乱想，不是心情不好，就是精力难以集中，脑子里甚至出现阵阵的空白。越是这样就越急，越急又越是这样。据立昕说：有几次他简直考出了一身大汗。"

听朋友讲到这里，我的心情实在是无法平静，我想立昕的遭遇实在是我们做父母的悲哀！父母只知道自己的期望，用自私、狭猛的态度对待孩子，在这样的思想、心态支配下，他们根本不可能想到，如果此时能接纳和包容孩子的失误和不足，用宽广的胸怀去抚慰那颗正在遭受无情打击、已经很脆弱和极易被扭曲的心，儿子定会树立自信。有了自信和宽松的环境，聪明的儿子是一定会找到在新的学习阶段中适合自己的学习方法，搞好学习成绩那是很顺理成章的事。

我继续听朋友的讲述："中学的学习，难度越来越大，本来立昕在小学后期的底子就不是太好，进入初中一段时间，他看着别人一个个都在超越自己，他一方面怕父母知道，另一方面又觉得自己越来越无能，慢慢的他由急变气，由气变恨。他不但恨自己，也恨别人，对爸爸、妈妈的关爱、唠叨、责怪，他渐渐的不想再用心思去领会、去理解，他一步步的开始反感父母，讨厌周围的其他人。到了初二后期，立昕完全没有了学习的兴趣，但每天的日子又不能不过，他每天背着书包到学校不过是为了应付父母，打发时光。吃、喝、玩、乐、交朋友，甚至打架斗殴成了他感兴趣的事情，父母的辛苦好象变得与他无关，别人的关心他觉得多余，别人的好心劝导，他认为是多管闲事。总之，好象众多的人都在跟他过不去，他的内心变得麻木，性格逐渐变得凶残……"

听完了朋友的讲述，我再次深深的感到心痛。一个单纯、聪明、上进的孩子在短短的几年中，因精神生命的逐渐扭曲，他的思想、行为、个性和过去相比已变得面目全非，这难道不值得父母和其他关爱孩子的人们深思和反省吗？

现代社会人们受着市场经济大潮的冲击，绝大部份人都处于激烈的竞争之中，大人的心态容易浮躁，孩子的身心容易遭到重压、打击，此时，人们在思想上和心理上更需要接纳与包容。接纳与包容就像收回来的拳头，目的是为了更有力的打出去。父母和其他关爱孩子的人能够接纳和包容孩子的失败、孩子的缺点和不足，并不是要对孩子的缺点和不足，甚至是错误姑息迁就，而是要用平和的心态去对待它们，不急不躁，在轻松与自在的状况下平等的与孩子相处，以便走进孩子的心灵。能够走进孩子的心灵就比较容易帮助孩子找到纠正和克服缺点、不足，甚至是错误的好办法。这其实是对父母和其他关爱孩子的人心态和教育智慧的考验。

孩子学会接纳与包容，并不是要在自己的不足和缺点、错误面前畏缩不前，无能为力，而是要用平和的心态和豁达的心胸去正视自己的不足和缺点、甚至是错误，去将各种复杂的问题进行分解，从中找出自己努力的方向，最终克服自己的不足，战胜自己的缺点和错误，从而获得健康、向上的精神生命。

另外，一个人学会接纳与包容还应该是这个人用宽广的胸怀去接纳和包容社会上的与自己意愿不一致的各种人和事，这样你就容易找到舒心和快乐，幸福的人生也就随时等待着你，你更容易发现人生的价值和意义，无论你做什么事都很容易迸发出动力，否则，你极易感到生活痛苦、人生暗淡，你的精神生命很容易遭到重创，甚至扭曲。

温馨提示：父母或其他关爱孩子的人应做会接纳和包容的表率，孩子在你的表率下，没有了压抑，心理阳光，胸怀宽广，何愁他们没有奋斗的动力、光明的前途和美好的未来呢？

二、学会面对挫折

孩子经受挫折、打击考验的能力不是天生就强的，它需要父母和其他关爱孩子的人平时从生活的很多点滴细节中注意对孩子进行影响、引导和培养。父母和其他关爱孩子的人到底该怎样做呢？

每个人的一生或多、或少、或大、或小的都会遇到一些挫折。当人们与挫折遭遇的时候，有的人会通过挫折总结经验，汲取教训，他们会从挫折中站起来，变得更坚强，但有的人就经不起挫折的打击，变得消沉，丧失自信，精神生命逐渐衰弱，有的甚至走向极端。让我们再回过头仔细看一看 2006 年 2 月 20 日至 3 月 1 日发生在华南农业大学校园里的四起人员跳楼身亡事件带给我们的启示吧！

事件再回顾。据报道，2006 年 2 月 20 日是华南农业大学开学的第一天，一名大一新生从该校的实验大楼纵身跳下身亡。2 月 23 日又一名女子怀揣遗书从该楼教学楼 6 楼跳下身亡。2 月 26 日和 3 月 1 日另两名该校的女研究生在校内相继跳楼身亡。一时间，整个校园笼罩在巨大的惊恐与悲伤之中，人们不禁要问，这到底是为什么啊？

据随后的调查，第一个跳楼的新生在第一个学期七门功课中有四门不及格要重修，他提出要转专业，学校没有同意他的要求，另外，他家里的经济较为困难；第二个跳楼者是该校的一名职工，她 2000 年下岗就一直没有上岗，加上年龄较大（35 岁）还是单身。第三个跳楼者是一名即将毕业的研究生，她之前几天接到了自己参加公务员考试未入围的消息，据该校老师介绍她学的土壤化学专业较为冷门，当年毕业的研究生又较多，就业压力很大。第四个跳楼者也是一名研究生，跳楼的具体原因未被准确落实，很可能是与情感受挫有关。然而，不管怎么说，这四名自杀者都属于没有经得起挫折的打击和考验，精神生命已彻底崩溃的人。

虽然惊魂未定，但更多的人们已陷入了深深的思索之中，有不少的人已经想到这其中肯定包含着我们教育中的一些缺失问题。是的，在我们的教育中，尤其是家庭教育中，很多父母和其他关爱孩子的人很少对孩子进行生命知识的教育，尤其是缺乏精神生命方面的知识教育，而精神生命教育的一个非常重要的内容——挫折教育毫无疑问的被忽视掉了。因此，孩子在成长的过程中很容易出问题，更多的孩子虽然没有走向极端，但他们的精神生命已经很衰弱，他们时常在痛苦中争扎，他们的精神生命正在朝着不同程度扭曲的方向发展，人们却全然不知。

那么，在我们的家庭教育中父母和其他关爱孩子的人究竟应该怎样对孩子进行挫折教育呢？

在此，我给大家讲一个发生在我身边的真实故事。我同学的儿子小颖在读初一时，一次，学校召开运动会，他听到这个消息心里格外的激动。他想，平时我的学习成绩不好，老是挨老师的批评、责怪，大家总是怪我拖了班上的后腿，自己总有一种抬不起头的感觉。现在学校开运动会，体育正好是本人的强项，我必须大显身手一把，一来可以为班上争争光，二来可以为老师争口气，同时也是改变自己在别人心目中形象的好时机。他摩拳擦掌、跃跃欲试，心里美滋滋的。

为了在运动会上取得好成绩，小颖每天早晨五点过就自觉地起床进行锻炼，他根据自己在田径方面较强的特点，练短跑、练跳远、练跳高等等，他感觉自己这回肯定是稳操胜券了。经过一段时间的练习，终于盼到了运动会的开始。

在学习压力不断加大的情况下，同学们对体育运动越来越不重视，这时，老师和同学都对他寄与了厚望。当广播里传来"请参加一百米短跑的同学作好准备"的声音时，小颖的心跳得嘣嘣直响，他想，这是我参加的第一个项目，可以说也是自己最强的一项，我一定要拿出漂亮的成绩让大家看看。"各就各位……"小颖屏住呼吸，只听一声枪响，小颖的全身就像被点燃的火箭，顿时爆发出巨大的能量，他冲了出去，然而，不幸就在此时发生了，小颖没有以迅雷不及掩耳的速度冲在队伍的前面，而是一头栽倒在跑道上，翻了几个滚，紧接着他想拼命站起来，但不知怎的无论如何努力他的脚就是不听使唤，眼巴巴的看着别人跑完了一百米。当同学们去扶他时两行热泪不由自主的顺着脸颊淌了下来。

小颖由于起跑过猛失去平衡而栽倒，脚的裸关节被严重扭伤，手上、脸上、身上多处被擦伤，接下来的比赛项目也无法再参加了，老师嘴上虽没有责怪他，但一脸不高兴的表情显然是对小颖没有了信心。同学们有的同情，有的讥讽，有的抱怨，有的还说一些贬踏的话。小颖眼睛在流泪，心里在流血，他觉得自己太惭愧，自己太无能，自己简直就是一个废物，他无法再面对老师和同学，他实在不想再面对他们。小颖身上的伤刚养好，他对爸爸、妈妈发誓，就是把他打死，他也不会到学校去了。就这样，无所事事的小颖最终找到了电脑网络作为他最好的伙伴。

十三岁的小颖几乎每天都出入网吧，开始只是白天的大部份时间在网吧，慢慢的延长到晚上才回家，到后来经常是下午到网吧，一直玩到第二天早上回家睡觉，睡到下午起来吃点东西，又去网吧，自从小颖发誓不读书以来，他的爸爸、妈妈先是心急如焚，不知所措，然后是困惑、沮丧，但他们没有火冒三丈，大发雷霆，更没有抱怨和责怪，他们经过冷静地思考和认真地分析后认为，孩子本身就遭受了打击，作为父母此时应该用宽广的胸怀去宽慰他，去慢慢地抚平他那颗受伤的心。他们总觉得儿子的选择从根本上来说应该是有他很深的原因和道理的。儿子现在觉得他无法面对自己的老师和同学，他感到去学校是一种痛苦，是一种耻辱，如果此时我们执意强迫他到学校去读书，不但收不到好的效果，很可能给他的精神造成无法预料的伤害。有时在成人看来不是什么了不起的事情，但对孩子来说可能已是他们难以承受的挫折、打击。过去儿子的学习成绩不好，并且还有不少坏习惯，我们不是吼就是骂，甚至用了很多的武力惩罚他，为什么儿子不但没有进步，反而走到现在这个地步呢？我们再不能像过去那样了，必须尽快改进我们的方式、方法。同学想到这里，然后和夫人进行了认真深入的磋商，最后决定一定改变过去那种急燥的、压制性的、惩罚式的对待儿子的方式，从今以后让儿子在宽松的、自由的环境中不断的感受到生活的温暖，逐渐消除过去由于爸爸、妈妈指导思想的错误和因工作忙而忽视儿子精神世界、情感世界的失误所造成的对他的伤害，相信儿子一定会站起来的，他的精神生命也会走向健康的。

在儿子长期出入网吧，甚至大多数白天黑夜都和常人颠倒生活的时候，小颖的爸爸、妈妈对儿子表现出了一般家长都无法做到的宽容与耐心。为了让儿子在家里上网尽可能不去网吧，以免受到一些不良青年的影响，爸爸、妈妈挤钱给儿子购买了电脑并办好上网手续，但儿子有时嫌家里没气氛还是到网吧去，爸爸、妈妈没有表现出对儿子的不满，他们找儿子谈心、沟通，摸清儿子的心思。为了和儿子有共同语言，小颖的爸爸也学会了上网，有时还向儿子请教一些网络方面的问题，同时与儿子尽量多地交流在网络上，不只是游戏更重要的还可以进行多方面学习的交流。儿子一方面尝到了在网上学习的甜头，另一方面也深深感悟到了父母对自己的爱。

转眼间，小颖进入十七岁，虽然没有父母的压力，也没有学校的压力，但他的内心却经常涌出大量的，自己难以摆脱的空虚。他时常想到爸爸、妈妈对自己的宽容，对自己的爱，他想有所作为，他想回报爸爸妈妈，他从网上学习得知绝大部分的成功人士都是通过智慧加脚踏实地的拼搏而获得成功的，一个人的一生总应该要做点成功、像样的事情，像如今这样下去意义在哪里呢？经过几个月的思想斗争小颖终于向爸爸、妈妈讲了他的心事，他再不愿这样过了，他想干点实实在在的事情。

听了儿子的心声之后，爸爸、妈妈真是喜出望外，他们感到他们的努力没有白废，他们终于得到了儿子发自心灵的回应。爸爸、妈妈几乎是在激动中与儿子分析、讨论儿子的长处和儿子比较适合干又感兴趣的事情。通过仔细的分析、比较，最后由儿子选定到他姨妈开的汽车配件商

扭曲生命的避免

店学习做汽车配件的生意。

自从小颖开始学做汽车配件生意起，小颖好象变了一个人，过去他在家里很少做事，也没有兴趣做事，而现在他做起事来既积极主动，又任劳任怨。过去在父母身边总觉得自己长不大，现在离开父母突然觉得自己成熟起来了，自己的事情完全由自己想办法、拿主意。经过一年多的学习和锻炼，小颖全然就是一个比较熟练的汽车配件的经营者，他奋斗的信心更足了。现在他已不愿再用网络消遣，而是把网络作为学习和获取资料、信息的重要途径。可见父母对孩子不同的心态和方式、方法，对孩子的身心会带来天壤之别的效果，这也是孩子精神生命能否获得健康的关键所在。

怎样帮助孩子面对挫折，战胜挫折，让孩子的精神生命健康成长，在我们对自己女儿的培养实践中也有着很深的感悟。

在很多时候孩子遇到的难题在成人的眼里可能很不起眼，不经意间就会被忽视掉，更算不上什么挫折，然而，在孩子那里很可能已经背上了沉重的包袱，有很深的挫折感，甚至感觉到心灵已受到严重的伤害。此时，作为父母和其他关爱孩子的人们如果再采取不合适的教育方法，这时孩子的精神生命很可能会受到严重的创伤。自信心、自尊心会渐渐丧失，甚至自己否定自己。因此，我们在日常生活中多多的注意女儿心理的变化、成长，尽可能避免女儿的心灵因挫折感而受到伤害，用信任和鼓励让女儿自己去战胜心理的危机，女儿在一次次的锻炼和考验中逐步练就出了比较强的意志力和承受力。

记得，在女儿小的时候，她做事很慢，老爱拖拉。一件小事，她玩玩、做做，做做、玩玩，花去很多时间，还总是做不好。有一次女儿问我说："爸爸，我是不是比较笨？做事总是做不好。"我猛的感到是我们太大意了，我们在给女儿宽松环境的同时没有注意引导、培养女儿形成好的做事习惯，致使女儿在困惑中怀疑自己的能力，削弱了自信。针对这种情况，我和爱人决定从女儿的实际情况出发，帮助女儿克服拖拉的习惯，找到自信。

我们根据孩子特别有好胜心的特点，在生活中选取一些女儿能做好的事情，由我和爱人轮流与女儿进行比赛，我们规定谁胜了就有相应的奖励，谁败了要受罚。女儿为了获得奖励，做起事来常常是聚精会神，甚至是全神贯注，当然我们在女儿不易觉察的情况下常常故意表现得比她弱，做得比她差。女儿在获胜中获得愉快、兴奋，一次次的找到成功的感觉，在失败中总是不服输，她不断的总结经验，找出失败的原因再和我们比高低。我们抓住机会肯定她的长处鼓励她，女儿的心中充满喜悦，偶尔她在做事时又出现拖拉，只要我们稍微一提醒，她立即就会改正，渐渐的她做事不但不拖拉，经常是比我们快，比我们好。

在女儿读初二时的一天，女儿的班主任老师分别给我和爱人打来电话，请我们无论如何马上到学校去一趟，关于女儿最近的表现必须和我们谈谈。我们以最快的速度赶到了学校。一跨进班主任老师的办公室，顿时感到了一种沉重、压抑的空气。几个默不出声的学生呆呆地站在班主任老师的面前，老师一边翻着作业本，一边带着气愤的口气说："×××你看看，这就是你做的作业，你到底是为谁读书？你在应付谁呀？……今天下午放学后你们都给我留下，重新做好这些作业再说。"

那些学生走后，班主任老师转过身来对我们说："今天请你们来主要是为了你们女儿最近表现实在不令人满意的问题和你们谈谈，希望得到你们的配合，加强对孩子的教育，把学习搞上去。"

班主任老师拿出最近一段时间班上几科考试的成绩统计表，然后把统计表递给我们说："从最近几次考试的情况看，你们女儿成绩下降太严重。她的作业也有马虎的现象，观察她的表现好象时不时的会出现心神不宁、丢三忘四的现象。我们担心她有什么心事，问她，她又说：'一切正常。'现在作为老师和家长我们都有责任帮助孩子甩掉心事、克服困难，把学习搞上去，否则不但孩子被误，同时也拖累全班。"

我们虽然知道女儿所在的班是学校里成绩比较好的班，但我们从不特别的看重女儿的学习成绩，我们认为作为父母和其他关爱孩子的人应该多从孩子的角度去思考问题，站在孩子的立场上去体察孩子的精神需要从中发现能激励孩子精神生命的东西，才是最重要的。孩子的精神生命一旦被激活任何困难和挫折在他们的面前都会变得无比的渺小。

考虑到老师的认真负责和她对孩子的关心，以及老师着急的心情，我们没有表示任何异议，同时答应她要尽快找女儿好好谈谈。但我们心里明白，只要有机会女儿是一定会向我们说明情况的，她不说一定有她的理由，从班主任老师的办公室出来，我们没有按照答应班主任老师的话去找女儿谈话，甚至批评、责怪她，而是悄悄的离开了学校。果然，女儿这次回家来后，不久她就最近考试的情况和我们进行了一次较深的摆谈，在摆谈中她还道出了成绩下滑的主要原因。其实女儿最近主要是因为身体有一些不愿说的原因，她经常出现心烦意乱，有时硬是静不下心来，再加上有的同学喜欢在她做作业时老是挑逗她，烦她，弄得她有几次心情很不好作业马虎了事。

听了女儿的诉说，爱人大大方方的向女儿介绍了女孩进入青春期一般都会出现的各种情况，告诉她这些都是正常的反应，不必担心，更不用惊慌，多想一些开心的事情，调整好自己的心态，一切都会平平静静的过去，所有的事情都会如常。同时我向女儿建议说："关于一些同学总爱干扰你做作业的问题，我认为这样处理你看行不行？当那些同学再干扰你时，你首先可以认真，严肃地告诉他们，开玩笑要有分寸，而且应该在休息的时间进行，如果他们不听，你可以请求老师对他们进行制止。"女儿说："我试试看吧！"

站在女儿的角度，我们感到了她的忧虑与担心，我们知道她在静静的努力，我们不必多说什么，只有用轻松、愉快和信任的表情面对女儿说一句：我们的可笑脑筋一动，一加劲，克服这点困难，太小case了。

突然间，我们有一种强烈的感觉，关爱孩子除了关爱他们有形生命的舒适与健康，以及那些看得见、摸得着的结果和现象外，更重要的应该是关爱孩子的那些虽然看不见、摸不着，但它对孩子的学习、生活、成长乃至整个人生意义更加重大的无形生命，它更需要呵护，它应该避免来自各方面的伤害，任何随随便便的批评、指责、埋怨都可能对它造成损伤，有时无声的关注恰恰是最好的关爱。

温馨提示： 有不少的孩子之所以在挫折或打击来临时无法面对或承受不住，一方面很多是因为平时经历的顺境太多，一旦遇到挫折或打击其内心体验太深刻而难以自拔。另一方面，他们内心的重压和精神的包袱找不到合适的地方释放和解脱，精神上失去了依靠。可见，父母或其他关爱孩子的人平时多让孩子独立的去面对各种人和事，用宽广的胸怀和智慧的爱去培育孩子强健的精神生命是多么的重要。

三、给孩子自由

　　孩子不是机器，他们需要有身心的自由，不要以任何关爱孩子的理由去剥夺他们应得的自由，否则，很可能会导致难以预料的恶果。看了实例相信你会悟出一些道理。

　　我表妹的儿子灿辉向我诉说他每天的生活。他们家离学校有好远一段路，从家到学校走路最快也要三、四十分钟。每天早晨六点钟，闹钟一响在爸爸、妈妈的催促下他就开始忙起来了。先是迅速的完成卫生事宜，然后预习功课半小时，接着是快速的吃早餐，有时因时间不够就在路上吃，迅速的赶到学校。中午放学后火速赶回家，假如爸爸、妈妈没到家，自己就热一下爸妈头天做好的饭菜将就吃，为了保证下午的学习质量，按照爸爸、妈妈的规定，午饭后必须休息半小时，然后抓紧时间到学校上课。

下午放学后不得随意玩耍，必须先到家完成当天的作业，然后练习一个小时左右的钢琴，紧接着就是吃晚饭了，晚饭后有一个半小时的空余时间，爸爸、妈妈要求看看电视新闻，学着关心国家大事，或搞一些健身、文体活动。接着又继续学习，晚上十点以前必须睡觉。

星期六上午参加基础英语的培训班，下午学习钢琴。星期天按爸爸、妈妈的要求读一些报刊、杂志等课外书籍，或者和爸爸、妈妈一道参加一些活动，节假日家里一般都有比较详细的学习、旅游计划。

灿辉的父母给儿子考虑安排得很周全，灿辉只能乖乖的按照父母为自己划定的轨道努力、上进，灿辉除了在物质生命上很少有自己的自由而外，在精神生命方面更像是一个小"犯人"。他很想轻松，但没有办法轻松，他很想玩，但哪来的时间玩。有时他甚至想生一次病，什么都不用干，什么都不用管。灿辉说："有时觉得做人真没有意思，还不如外面的一只小鸟或一条小鱼，它们是那样的自由、自在。"其实，这就是现实中很多孩子的生活写照。

前不久，一位朋友给我讲了一个非常让人心酸的真实故事。小主人翁叫陈幻（化名），一九九九年出生在湖南长沙，父亲是一家道路机械公司的干部，母亲是一位中学老师，陈幻两岁时，由于爸爸、妈妈的工作太忙，因此被送到湖南平江的爷爷、奶奶家。三、四岁的陈幻已经表现得非常的聪明、聆俐。很多歌曲只要听别人唱两遍就能照样唱出来；电视里演出的很多舞蹈她看后也能活灵活现的表演出来；从来没有人教过她数数，她能从 1 数到 100 等等。

2003 年春节，陈幻的父母回老家过年时感到必须要好好的培养自己的女儿，年一过他们就把女儿带回了长沙。没几天，夫妻俩为女儿办好了"音乐班""书法美术班"和"钢琴小提琴班"的入学手续。紧接着陈幻就在爸爸、妈妈和爷爷的带领下像打仗似的奔忙起来。白天是爷爷上午把她送到"音乐班"，下午送到"书法美术班"，吃完晚饭后再由爸爸、妈妈把她送到"钢琴小提琴班"学习。

学啊，学啊，小陈幻实在弄不明白，为什么一到城里就每天都是这样的学习，她不喜欢这样的学习，她非常想念老家那空旷的田野和自己与小伙伴们一道捉虫、抓鱼、嬉戏的快乐时光。可她再想往也只有忍着，爸爸、妈妈讲的很多道理自己虽然不懂，但不得不听，爸爸说："为了你今后的成才，也为了你今后能过上好的生活，我们必须抓紧时间对你进行培养，我们不能让你首先输在起跑线上。"妈妈说："女儿呀！世上哪个父母不爱自己的孩子，你是我们的心头肉，我们是多么的爱你啊，正因为爱你，我们必须给你提供尽量好和多的条件让你学习，我们希望你将来能成为真正的'凤'，因此，你必须要努力呀！"看着爸爸认真严肃的表情，看着妈妈噙着眼泪的眼睛，小陈幻再不愿意也只有咬牙坚持。但小陈幻毕竟年纪太小，她常常在听课时不由自主的就睡着了，在和爷爷去上学的路上她常常会无法自控的想要睡觉。就在这样身心疲惫的努力中，小陈幻终于熬到了上小学。这时，曾经也是中学老师的爷爷想，过去几次与儿子、儿媳商量给孙女减负的事都遭到他们的反对，现在孙女正式上小学了，学习任务又非常的重，再不能让她承受如此大的身心负担了。他主动找儿子、儿媳商量，儿媳说："幻幻是我身上掉下来的肉，我怎么不心疼她、不爱她，可什么是真正的疼和爱呢？只有给她磨练，让她从小学会承受必要的压力，受到高素质的培养，获得坚实的基础，这才是真正的关心和疼爱，根据现在的情况，'音乐舞蹈班'和'钢琴小提琴班'可以不上了，但'书法美术班'一定要上，另外，还可以上一个'初级英语班'和一个'初级电脑班'"。儿子也觉得媳妇讲得有道理，表示赞同。爷爷知道自己拗不过他们，因此，也只能默默的为孙女感到难过。

一次，小陈幻问爷爷："爷爷，你为什么既不上班，也不学书法、英语、计算机什么的，为什么会这样自由自在呢？我好羡慕你啊！""爷爷年纪大了，身体又不好，已经提前退休了，所以不上班，也不用学这学那了"，爷爷解释说。小陈幻睁大眼睛想了想说："那我也要像爷爷一样提前退休。""那怎么做才能得到提前退休呢？"爷爷笑着说："就是打一个提前退休的报告让上级批准，就行了。"

在爸爸、妈妈的精心安排下，读小学的小陈幻平常是白天上课，晚上到市青少年宫学习书法和美术，星期六到区少年宫初级英语班学英语，星期天到少年电脑学校学习计算机知识。按照妈妈的计划小陈幻必须在小学毕业之前熟记 2000 个英语单词，因此，每周日晚上小陈幻稍稍有点空闲时间妈妈就要对她进行英语的强化训练。

痛苦不堪的小陈幻实在无法坚持、忍受下去了，2006年 4 月的一天晚上她翻来覆去睡不着觉，想了很久后她爬起来把灯打开，拿出纸和笔，慎重其事的写好了一份提前退休的报告。第二天一早她把"报告"交给班上的一位同学，请她转交给班主任老师。当天中午放学时，班主任老师接到了该"报告"，经过仔细思考后感觉事情不妙，于是赶快给陈幻的爸爸打电话，陈幻的爸爸、妈妈和爷爷得到

扭曲生命的避免

此消息后赶紧四处寻找，可得到的结果是，该打的电话都打了，该找的地方也找了，然而女儿、孙女陈幻的踪影在哪里呢？妈妈哭得死去活来，精神几乎崩溃，爸爸和爷爷整天心如刀绞、心急如焚。

2006年4月26日中午，有人报案在长沙市郊一口废弃的深井里发现了一具幼女的尸体，警方从尸体身上搜出了一张学生卡，上面清楚的写着姓名陈幻，以及她就读的学校。赶到现场，确认事实的陈幻爸爸再也无法控制自己的情感，他捶胸顿足，嚎啕大哭……

小陈幻走了，她用她的死教育了很多的父母以及那些"关心和爱护"孩子的人，她请他们再不能忽视孩子的精神生命了，忽视孩子的精神生命实际就是对孩子的精神施暴，警醒吧！父母们千万不要在无意间让自己的孩子走上小陈幻所走的路。

听完朋友讲的故事，我想到了更多的在父母望子成龙、望女成凤思想精心"关照"和百般"疼爱"下的孩子们，他们虽没有走上小陈幻的路，但他们同样在痛苦中挣扎，他们的精神生命慢慢的、不知不觉的在朝着不同程度扭曲的方向发展。我的脑海中又一次出现贵州省安顺市双胞胎姐妹用"毒鼠强"毒死自己亲生父母的惨剧。

姐姐叫小灵，妹妹叫小可。2001年7月的一天，小灵在小可的掩护下，把 6 瓶"毒鼠强"拌进家中的稀饭里，爸爸、妈妈吃过稀饭后，药性当即发作，经过痛苦的挣扎后他们双双死去。知道这则消息的众多人都想不通，亲生女儿为什么会这样残忍的害死自己的爸爸、妈妈呢？还是让我们从这对双胞胎姐妹的成长过程中去寻找答案吧！

小灵、小可的爸爸是一位领导干部，一惯工作很忙，妈妈也有自己的工作，但她一有时间最喜欢的就是打麻将，爸爸一天难得和她们说上几句话，妈妈除唠叨和严管几乎没有和她们谈过心。在物质方面，妈妈说："我们家有钱，只要你们搞好学习，你们要什么，我们都可以买。"爸爸总是要么悄悄的就把他们需要的东西买回来，要么是给钱让他们自己去买。他们有充足的零花钱和同学们羡慕的 BB 机。

然而，在精神方面由于爸爸、妈妈要求她们一定要考上重点高中，除了平时的上课以外，每个双休日由家教老师给两姐妹每天补习 6 个小时的课程。爸爸、妈妈不允许她们带同学、朋友到家里来玩，更不会关心她们有没有要好的朋友。只要爸爸、妈妈在家她们一般都不能看电视，更不能随意上街。为了实现爸爸、妈妈定下的目标，他们也曾拼命努力过，但成绩始终不够理想，2000 年的中考她们只考取普通高中，可爸爸、妈妈不让读，要求她们复读一年再考。一年后她们再次中考，成绩还是只达到普通高中的录取线，离重点高中的录取线还是有一定的距离。知道成绩后，两姐妹不敢回家，她们跑到离家有几十公里的一个同学家去"躲"，然而，妈妈很快就找到了她们，妈妈毫不留情的骂着她经常爱骂的话："看你们这付样子，我出去打麻将都没脸了。……"到家后爸爸按他的处罚方式让两姐妹跪在地上……

不久后的一天晚上，姐妹俩睡在床上思绪万千，她们觉得自己没有了自由，更不知前途和希望在哪里，内心充满了失落和空虚。这时小灵说了一句："也许把他们整死，我们就自由了。"小可立即表示赞同。当晚半夜三点过，姐妹俩起床把厨房的窗子关好后，打开煤气，企图想让父母煤气中毒而死。幸亏爸爸起来上厕所排除了危险。

几天后，两姐妹一道在街上的小摊买回几包"毒鼠强"。一天中午趁妈妈不备小灵把"毒鼠强"拌进了妈妈做好的菜中。妈妈吃后被送进了医院，这时爸爸的痛风症也正好发作，于是父母都住进了医院，姐妹俩一人照顾一个。这时她们发现爸爸、妈妈特别的和蔼、可亲，不时的和她们聊天，说很多家常话，她们感到了一种父母从未有过的亲近感。两姐妹想：下次把药再放重一点，爸爸、妈妈不是更能和我们亲近吗？……

这是多么令人痛心的人间悲剧啊！这也是践踏孩子精神生命的恶果。

其实，每个父母都是非常爱自己孩子的，然而，由于方式、方法的失当有不少的父母从孩子那里得到的除了悲剧就是任性、抵触、抗拒、不理解……

让我们再看另一则典型事例。

2004年9月19日我在互联网上看到了一则卖身广告，卖身人是哈尔滨市某大学二年级学生孙宁（化名），我百思不得其解，于是千方百计的了解这方面的情况，通过了解我发现这时无论校园内和社会上已经有强烈的反响。有的说："这是作贱自己。"有的说："这是哗众取宠，是一种劣等的炒作。"有的说："这是心理变态，精神扭曲。"还有的说："是发泄自己的不满。"……而孙宁自己后来是怎样说的呢？他说："我不是为别的，就是为了让我父母痛苦难过，我要让大家注意我。"

人们肯定要问，孙宁的父母到底是怎样的父母竟然会让儿子痛恨成这样呢？通过调查得知，孙宁的父母都是生意人，他们为了自己的儿子生活得幸福，生活得与众不同，他们较早的下海经商，饱尝了千辛万苦，经过不懈的拼搏、努力，一步步的获得了成功。他们对儿子的爱可以说是非常的仔细、精心、周到，他们恨不得把自己的所有都献给儿子。儿子从小除了有父母的呵护外,有专门的保姆照顾,有家庭教师陪伴,儿子单独住的房间比一般家庭的整个住房还大,保姆随时为孙宁操办好生活上的一切事情,家庭教师全心全意的对孙宁进行智力开发和文化知识灌输。

孙宁没有上过幼儿园,因为爸爸认为家庭教师的水平比幼儿园老师的水平高。父母不让孙宁和邻居人家的孩子玩,他们怕孙宁被别人家孩子带坏。孙宁读书后,父母想方设法为孙宁提供好的学习条件,有时一年要转好几次学,只要孙宁转学到哪里,全家就在哪里买房居住。

在爸爸、妈妈的费心思考和精心安排下,将来的生活、学习、工作根本不用孙宁操半点心。孙宁唯一的任务就是好好学习。然而,孙宁感到他实在无法忍受的正是这一切,他觉得他整天在父母的阴影下生活,在大家的眼里面,他完全是个低能儿,他认为父母给儿子创造、提供的不是幸福,更不是快乐,而是极大的悲哀。他想不通作为父母为什么不了解、关心一下儿子的心,看看儿子到底在想什么?他最愿意接受的到底又是什么?因而,孙宁感到别无他法,只有选择这种大家都难以接受的方式——向父母抗争。

这个例子又一次突出的反映出,现在的孩子是多么的需要自由,是多么的渴望自由啊!这个自由不是别的,它不仅是孩子物质生命所获得的尽可能多的、相对的自由，更主要的是孩子精神生命方面的与他人人格的平等，心灵上的充分自由，能够在父母和其他关爱他们的人的理解和懂得下，逐步学会自己决定自己的事情，自己处理自己的事情。他们希望父母和其他关爱他们的人不要干预太多，更不要包办、代替。这样孩子的整个生命才可能获得真正的健康。

也许有人会说：孩子毕竟是孩子，他们各方面都不成熟，如果这时让他们充分自由，不对他们进行干预和约束，那他们岂不是轻易的就变弯、弯曲，甚至误入歧途吗？这就是这些人不了解、更不懂得孩子的精神生命的想法，他们往往低估了孩子的能力，他们始终认为孩子这也不知道，那也不懂得，一旦放手，他们肯定出错，他们会走很多弯路，甚至会造成无法挽回的损失。这是多么可怕的思想和心态啊！正是在这样的思想、心态的影响和作用下，父母们不愿，也不敢让孩子们得到真正的自由，这不是中国式家庭教育的败笔之一，又是什么？

在给我们女儿自由的问题上，我和爱人首先明确我们到底是愿意要一个在严格管束下的乖乖女，或是只知学习，生活得劳累、压抑，甚至是烦闷、痛苦的女儿，还是愿意要一个自由奔放、充满活力、幸福、快乐、学习上任其自然的女儿，我们毫不犹豫的选择了后者。有了明确的思想和态度，我们对女儿的日常生活、学习、娱乐，以及女儿应当学会处理的各种事情，我们只作相应的提醒和必要的建议，从不进行硬性的规定或安排，更不干涉女儿的兴趣、爱好。女儿在轻松自由、没有压抑的生活、学习中逐渐理解和懂得了父母的关心和爱心，从而一步步的激发起她对生活、学习，以及人生很多问题的思考，她慢慢的自己学会了自己承担责任，自主处理自己的事情，她在感到物质生命自由与洒脱的同时，更感到精神生命的舒畅与爽朗，因此，她无论生活或学习始终充满自信，始终具有一种发自内在的动力。

温馨提示：孩子不是学习机器，他们的发展应该是全方位的，那些一味只注意孩子学习的做法，其实是在用毒手扼杀孩子的天性。失去身心自由的孩子，他们幸福和快乐的感觉也随之失去，灵活性、创造性也会大打折扣。

四、给孩子和谐

孩子的成长需要和谐的环境，孩子的心灵更需要和谐，这些都离不开家长们的创造与培育。你想深入学习一下吗？

社会的和谐靠大家创造，家庭的和谐靠家人创造，在家庭的和谐中，父母起着主导的作用，一个不和谐的社会带给人们的是焦虑，是浮躁，是担忧，是恐惧……。一个不和谐的家庭带给孩子的除了焦虑、担扰、浮躁、恐惧外，它还可能会带给孩子郁闷、压抑、痛苦，甚至造成心理的失衡，乃至出现精神生命的扭曲。

有些父母，他们一般不会站在孩子的角度去思考问题，对孩子的精神生命漠不关心，他们关注的主要是各自的利益和自己的生活、情感等等，在他们的家庭中夫妻双方的争斗、埋怨、挑剔、冷漠时常发生，孩子在这样的环境中成长，精神生命常常会遭受沉重的打击和莫名的伤害。

有这样一个家庭，女主人是一位老师，丈夫是一个国家干部。女主人在学校有各种各样严格的管理制度和各种细了又细的考核指标压得她几乎喘不过气来，再加上一些学生的调皮捣蛋、不听话、对着干、不得不叫人心烦。丈夫呢？除了整天忙于工作外，还有数不清的应酬，在他的脑海中时常装的都是工作和各种"人物"、利益、关系，以及自己未来的打算和前途。至于妻子的工作、情感、思想、情绪等等问题他很少有心情去考虑。有时觉得不关心不行，但又缺少时间和精力，有时想方设法努力去关心几次，常常又是浮于表面，流于形式，给妻子一种完成任务的感觉，不但没有让妻子感到高兴，反而让她产生强烈的反感。

妻子需要丈夫的关心、丈夫的爱，然而她感到随着在一起生活时间的增多，丈夫对她的注意反而越来越少，过去的很多甜蜜幸福，如今都逐步的变得淡而乏味。丈夫认为他需要理解，需要支持，但得到的却是抱怨、冷漠和极度的不满，就这样，妻子埋怨丈夫，丈夫责怪妻子，争辩、吵架、冷战就像一个附在他们身上的魔影，无论他们怎样拼命，始终无法挣脱。

夹在他们中间的儿子时常就是妈妈倾注情感的对象。妈妈将自己很多的希望和爱寄托到儿子身上，她对儿子精心的关照，百般的呵护，但同时，儿子只要有哪点做得不好，不如她的意，她就会将怨气撒在儿子的身上。十三岁的儿子弄不懂爸爸、妈妈为什么会变成这样。过去爸爸、妈妈争吵的时候他是惊恐、害怕，现在他们再吵时，他是烦躁、反感和怨恨。当妈妈对他进行无微不至的关心和爱时，他认为这是应该的，是天经地义的。他想："父母把我生到这个世界上，他们并没有真正的为我着想，而是为了他们的脸面。比较而言，我所遭受的伤害、痛苦要比得到的关爱多得多。"当妈妈为了他的生活或学习问题对他进行教育时，他经常是口服心不服，有时是公开的抵抗。当妈妈由于心情不好、情绪差说出一些重话时，他更按捺不住内心的愤怒。儿子对爸爸的感觉除了身体的距离外，心里的距离更远。

生活在不和谐环境中的孩子，他们的精神生命极易被扭曲，他们看待世界和人生的眼光通常也容易变形，作为父母和关心孩子的人，给孩子一个和谐的成长环境是我们不可推卸的责任。

父母和其他关爱孩子的人们除了给孩子和谐的环境外，更重要的还要帮助孩子寻找到孩子心灵的和谐，即意识、观念的和谐、情感的和谐，说到底也就是精神生命的和谐。我们所说的意识、观念的和谐其实就是如何引导孩子正确的对待各种人和事，在各种错综复杂的事物面前不急、不躁，拥有良好的心态，获得一颗舒展的心灵。所谓情感的和谐，也就是要培养、锻炼孩子在具有必要的依恋和牵挂的同时，有自己的独立性，获得一种具有丰富情感的独立。

父母和其他关爱孩子的人要让孩子真正获得意识、观念和情感的和谐那就要做到"懂"和"通"。懂得孩子精神生命的成长、变化规律，懂得孩子的精神世界，这样才容易和孩子相通。与孩子相通，孩子没有了压抑，减少了困惑，精神生命就容易得到健康，生命的潜能就会很容易发挥出来。

扭曲生命的避免

我们在培育女儿的过程中，首先注意营造一个和谐的家庭环境。女儿在读高中以前，我和爱人无论有什么不同意见，我们从不在女儿的面前进行争辩，更不会进行吵闹。当我们在工作中和生活上遇到各种不快时，我和爱人总是相互倾诉、沟通、消化，从不在女儿的面前流露。一家人互敬互爱，互相理解和支持，日子过得甜蜜、舒心。女儿的精神生命从小就被注入了爱的元素，女儿自然的体会到了生活的舒心与快乐，在此基础上逐步领悟到生命的价值和意义，每当遇到挫折和困难时，她总是毫不畏惧，充满自信。

一次，读初一的女儿在放寒假时到远在外地的姨妈家去玩，就在离开学不远的日子里，突然气温骤降，一时间，世界变成了冰天雪地。看着白茫茫的大地，感受着寒冷的气温，女儿的心情分外焦急，果然不出她所料，一天、二天、三天过去了，天气仍不见好转，女儿一边想到开学的事情，一边又怕爸爸、妈妈担心。她知道爸爸、妈妈很忙没有时间来接自己，况且眼下回家的路听说有二十多公里的一段根本无法通车。想到爸爸、妈妈的爱，想到温暖、幸福的家，想到自己的任务，女儿决定独自步行二十几公里被冰雪覆盖的路去搭乘回家的车。

姨妈放心不下，要叫人护送。女儿经过仔细考虑后，决定只让一位大哥哥陪同自己走过那几小段较为僻静的路段就行了。在好似溜冰场的公路上，女儿用草绳拴住自己的鞋子一步、一步的艰难行进，寒风送来阵阵的白雪扑打在女儿的身上，女儿的脸被冻得通红，但她的心里和身上却是暖洋洋的，因为她想到了爸爸、妈妈，想到了家，想到了学校，再加上运动本身的热量，女儿的全身好象有一种从未有过的、使不完的力量。经过六个多小时的艰难行进，女儿终于坐上了回家的长途公共汽车，在快乐与兴奋中回到了家。

随着女儿的长大和一步步的成熟，主要是女儿进入高中以后，我们认为应该让女儿的精神生命逐步的经受各种锻炼和考验，逐步增强女儿精神生命的免疫力，同时也可以让她对爸爸、妈妈和人生当中的很多复杂事情逐步进行认识和了解，因此，我和爱人在遇到分歧、困惑和烦恼时，我们不再对女儿回避，我们把它们放到桌面上来，对女儿公开，甚至请女儿参与我们的讨论，一道寻求解决问题的方式、方法，我们明显的感觉到，女儿在听取我们的意见和看法，参与我们讨论的过程中更加深入了解和懂得了我们，同时也学会了很多处理复杂问题和矛盾的办法，我们感觉女儿驾驭自己和驾驭生活的能力更强了，精神生命得到了更加丰富的滋养。

在我们的影响下，女儿的心事从不对我们隐瞒，她总会不失时机的向我们表达她的心声。无形中我们和女儿真正做到了一个"懂"和一个"通"。

温馨提示： 孩子的成长不但需要和谐的环境，更需要和谐的心灵，父母和其他关爱孩子的人只要做到不焦躁、冲动，不盛气凌人就容易创造出和谐的环境，而和谐的心灵需要的则是加强学习、提高修养，用一颗平和的心去对待纷繁复杂的人和事。

五、给孩子机会

不要总怪孩子不懂得爱，不知道关心、体贴他人，甚至说他们这也不行、那也不行。请问您给过多少让他们爱别人，关心、体贴他人以及做事、锻炼的机会呢？

前不久，在一次聚会上我听到一些家长谈论自己的孩子，有个母亲这样说道："现在的父母真难当，外面社会竞争是那样的激烈，工作压力本身就够大的，回到家我那读初二的女儿不但不给我分担点事情，相反是横挑鼻子、竖挑眼的，这也不舒服，那也不满意。我们知道她的学习压力大，读书不容易，因此，我们是处处为她作想，事事为她考虑，只要我们能做的事，我们几乎都为她做了。劳累、辛苦都没什么，可怜的是，难得看到她的好脸色。"另一位母亲接着说："不要说你女儿读中学，我儿子才读小学就叫人是操不完的心，都十一岁的人了，大的事情不用说，就连吃饭、穿衣、卫生、睡觉都叫你无法放心。每天早晨一起床，你忙他不忙，尽管你帮他准备好了一切，但看见他那懒洋洋、慢慢吞吞的样子，你不得不着急。吃饭应注意的要你天天提醒，穿衣服你要是不帮他，他拿到什么胡乱的就穿。晚上睡觉总要提醒好多遍，经常是要你发脾气他才去睡，真叫人头痛死了。"

"我儿子今年 12 岁了，就像个两面人，你看他在家里能讲会说，能干得很，可到了外面却胆小如鼠，什么都怕，什么都要你帮他……"一位母亲用困惑不解的表情说道。

听了这些家长的话，我的心久久不能平静。我自己问自己，现在很多孩子都怎么了？在物质生活极大的丰富，智商不断提高的今天，他们的很多能力反而不断的变得低下，难道他们得了什么特殊的"现代病"？是的，这种"现代病"是很多父母已经感觉到了，但是说不清，更不知道如何治疗的"病"。这种"现代病"表面看来是孩子得了病，但只要深入一想就会发现，病根就在他们的父母和其他关爱他们的人的身上。你看这些孩子的父母，就像他们自己所说的那样，他们处处为孩子考虑，一想到孩子的压力和难处，恨不得什么都为孩子做，什么都不愿让孩子分担。有的家长对孩子做事是这也看不惯，那也不放心，最终还

扭曲生命的避免

是自己干才安心。有的家长总是怕孩子走弯路，遭挫折，对孩子是指点了又指点，提醒了又提醒，孩子感到父母对自己既不放心，更缺乏信任，因此，他们做很多事都没信心，更谈不上热情了。

这些父母和其他关爱孩子的人不知道，就在他们千方百计为孩子考虑，为孩子做事，对孩子这也看不惯，那也不放心，怕孩子遭受挫折和打击的时候，无形中他们已经夺走了孩子学习、锻炼的机会，这就是为什么不少孩子在很多方面的能力会变得弱化，甚至丧失的症结所在。

缺少锻炼，丧失自信的孩子，他们总觉得自己什么事都做不好，自己好象处处不如人，在这种心理和思想的支配下，一些自我调节能力较差的孩子很容易发展成为对别人嫉妒、抵触、仇视，精神生命出现不同程度扭曲的人。

一次，一位老师向我讲起她到一个朋友家作客的事，她去作客时，正巧，一位美国同事夫妇带着一个四岁左右的儿子也在那里作客，两家的孩子在一起一会"打游击"，一会玩拼图，一会又摆弄滑板车。美国孩子的父母总是和大家谈笑风生，注意力很少在孩子那里，儿子偶尔跑到父母身边，妈妈总是摸着他的头，或拍拍他的肩说："去吧，自己去和你的朋友玩吧。"爸爸会意的点点头。但中国同事的夫人对两个孩子的玩耍却总是表现得不放心，她一会去教他们拼图、画画，一会又告诉他们要注意安全，还时不时教儿子一些"打游击"的方法。我想，这可能就是在不同教育理念下产生不同心态的结果。

美国夫妇的教育理念主要是让孩子自己去活动，自己去接触人和事，自己去体验找感觉，自己学会处理事情。因此，他们放心乐意的让儿子去玩，鼓励他去积极参加小朋友自己的活动。而中国孩子的母亲则总是怕孩子做事做得不好，或在竞争中失利，或发生危险，因此，在很多时候她表面上在和我们谈话或做自己的事情，但心却系着孩子的活动。这就是现在不少中国父母和其他关爱孩子的人的做法。

孩子的成长必须要有相应的舞台，作为父母和其他关爱孩子的人如果不自觉的占据和剥夺了这个舞台，孩子的精神生命很容易就会发育不全，甚至变得奇形怪状。这也是导致孩子精神生命现出不同程度扭曲的重要原因之一。

在我们女儿的成长过程中，我们除了平时能放手的都放手以外，还尽量的抓住一些可能和寻找到一些机会大胆让女儿去锻炼。

地女儿考取高中时，根据当时的情况对于女儿的生活、学习问题，其实我们可以有几种选择：一、我们辛苦点，一家人在女儿她们学校附近租房子居住，女儿可以得到我们的照顾。这是很多家庭采用的方法。二、女儿在我们亲戚家住。三、女儿辛苦点，每天可以赶我们单位的交通车去读书。四、女儿自己租房居住，自己照顾自己。这就需要女儿要有较强的自理、自立能力，根据女儿从小得到的锻炼和女儿初中三年住校学习、生活打下的基础，我们认为采取第四个方案女儿应该是能行的。这同时也是锻炼女儿走向成熟的极好机会，事实证明，我们确实利用好了这个机会。

三年中女儿不断的练就和提升了调控和把握自己的能力。每当自己对学习厌倦想出去玩的时候，女儿自然就想到爸爸、妈妈对她高度的信任。女儿想：我难道不信任自己吗？我学习不是为别人，而是为自己，耽误学习就等于自己毁自己。有时偶尔和同学聚会或有目的的玩一下，她会抓紧时间回到住处。一些同学时不时的上门或打电话约她去玩，她通常都是在不伤及同学面子的情况下进行委婉的拒绝。

炎热的夏天，小屋外面被晒得发烫，女儿在好似蒸笼的环境中，一边学习，一边消灭着袭击她的蚊虫。寒冬季节女儿每晚躲在被子里想学习就学习，想看电视就看，想听音乐就听，到是挺惬意。女儿的生活说苦也苦，说甜也甜，孤独当中有快乐，快乐当中有苦闷，苦闷当中磨练了她的意志，提升了她的老练。

高考结束后，填报自愿的问题就成了一个非常重要而棘手的问题。有不少的家长根据自己的认识、理解和经验，有的代替孩子填志愿，有的拼命说服孩子报某些学校和某些专业。然而，我们感到这又是一次锻炼女儿自己决定自己前途和命运的实战机会。我将之前我搜集的很多学校的信息和相关资料提供给女儿，同时结合我们所了解的一些专业和社会方面的知识、信息尽量详细的向女儿作介绍，让她结合自己的特点和兴趣、爱好以及高考估分情况自己决定填报那些学校和专业。女儿脚踏实地、信心百倍、心情舒畅的很快就完成了填报自愿的工作。

拿到大学录取通知书后，我们又和女儿商量让她找一次单独出远门闯世界的感觉，独自到千里以外的学校去报到。女儿很高兴的接受这次挑战，她自己买了一个大的蹬山包和一个大提包，收拾好必带的书籍、衣物、床上用品等，在开学前的第三天向学校出发了。我和爱人将她送到火车上，旁边也有不少上大学的新生，但个个都有父母或亲人陪同到学校。看着我们的女儿，我们是既高兴又难过。高兴的是，女儿虽然才十七岁，但她是那样的坚强，那样的老练，我们感到非常非常的放心和欣慰。难过的是，为了女儿的成长我们不得不有意控制住我们发自内心、本能的痛爱。几声长长的鸣笛后，火车缓缓的开动了，女儿在车厢里不停地向我们招手，爱人再也无法控制住自己，眼泪像两股奔涌的泉水，不停的往下淌，她跟着火车边走边哭，边哭边走。火车逐渐加快了速度，我们已看不到女儿的身影，但我们的眼睛却死死的盯住远去的列车，直到它完全消失，久久的，久久的，我们才回过神来⋯⋯

温馨提示： 其实只要稍加注意，生活中能够让孩子锻炼和磨练的机会是很多的，但由于父母和其他关爱孩子的人不放心、不忍心、或有意、无意习惯性的保护，因此，无形中就剥夺了这些机会，然而，他们唯独不去想孩子没有了各种锻炼和磨练的机会，他们将来在各种压力和打击面前精神生命会怎样呢？他们的生活又会怎样呢？

第四章　无奈生命的自豪

　　每个人的出生由不得自己选择，一个人出生在什么样的地方，什么样的家庭中，要面对什么样的生活、什么样的学习环境，以及要面对什么样的亲人等等都由不得自己选择，因此，从这个意义上来说人的生命确实是无奈的。然而在人的生命成长过程中每个父母和其他关爱孩子的人对孩子施与什么样的影响和引导，是否能让孩子感受到生命的价值和意义，从而为自己来到这个世界感到骄傲和自豪，又是每个父母和其他关爱孩子的人可以努力做到的。接下来，我们再通过一些实例让我们父母和其他关爱孩子的人从中感悟一下到底该如何做。

一、不因为孩子生命的弱小

　　　怎样尊重孩子，让他们感到生活的幸福和快乐，从而获得生命的自豪感呢？

　　到这里，我由韩国的早期教育热想到我们的孩子。据报道：韩国前几年刮起周岁小孩补习英语之风，最近又兴起学瑜伽、学哲学等等风潮。这股早期教育热潮终于出现了偏差，产生了不少小孩精神病患者，现在正引起韩国上下的关注。

无奈生命的自豪

据悉，韩国首尔江南地区有一家补习学校，专为年仅18个月大的小孩开办"哈佛大学教育课程"。上课时间从上午九点半到下午二点，除了由美籍老师教导地道的英语外，学校还特地安排这些小不点学瑜伽，有些婴儿实习学校甚至开设"哲学课程"，然而，韩国这样重视小孩教育的社会气氛，现在却产生了不少原先没有料到的负作用。在家长极大的教学压力下，有不少婴儿得了婴儿自闭症。

韩国首尔感性认知研究所精神科医生孙升恩表示："韩国婴幼儿精神病患者，已占到韩国总体精神病患者的30％至40％。这些婴幼儿患病的主要原因是，受到家长强迫性早期教育的压力。这些婴幼儿的症状有情绪不安，注意力障碍，认知发达不均衡等。"

看了这则消息，我联想到我所看到和了解到的很多孩子。

在暑假里的一天，我发现我们住宅区里的两个读小学的孩子在进行交流、对话。两家正好住楼上楼下，楼上的孩子用较轻的声音喊楼下的孩子："韩丽沙（化名），韩丽沙，你的爸爸、妈妈走了没有？""走了，他们已经上班去了。""好。那，我们可以开始了。"很快只见楼上的小女孩将一个装有玩具的篮子用绳子拴着慢慢地、慢慢地从窗户放了下去，楼下的小女孩接过篮子。"哈，哈，哈，我拿到了。你的小猴子，你的小狗熊，真是太可爱了！你的画画得还可以嘞！""嘻嘻嘻嘻"，一阵阵欢快的笑声从楼下传到楼上。咚、咚、咚，楼上紧接着就传出跳脚与欢笑的爽朗声，"太爽、太爽了，快把你的宝贝也拿点给我玩一玩。"楼下的女孩迅速把篮子装满叫楼上的女孩收绳子。一下、二下、三下……　经过一番努力楼上的小女孩终于将蓝子提到了手里，拿到了楼下孩子送来的礼物，接着她们又传递了一些纸条。她们是那样的兴奋，那样的高兴，她们的笑声、欢叫声传给了邻居，震动了我的心。同时，在高兴、兴奋之中，我们又听到了楼上大一点的孩子不断提醒楼下的孩子："要注意脚步声，以免被爸爸、妈妈知道了要挨骂、挨揍的……　"

　　我想，为什么两个被锁在家里的孩子，在父母不在家时通过这样简单的方式竟能让自己变得如此的开心，这从根本上反映出了现实孩子的困境和他们天性中的活跃、聪明、渴望自由，但是，现在有不少的父母以及其他关爱孩子的人，他们考虑到孩子的安全，孩子的学习等等，怕孩子出外活动发生危险，怕其他孩子来弄乱自己的家，怕孩子"狂"起来没完没了，怕孩子"疯"起来收不了场等等，总之在他们对孩子的"爱"中更多的是担心和害怕，孩子在这些担心和害怕中活跃、欢快、无拘无束的天性一步步的被扼杀，聪明、伶俐、闪耀智慧火花的灵性遭打击，甚至被埋没。孩子们的生命之火，在这种爱中逐步的变得暗淡、无光。

此刻，我又联想起了另一个发生在某市的让人心痛的悲剧，那是在 2007 年 6 月 12 日，一对夫妻为了逼自己三岁的儿子认字，先是母亲教，母亲每读一遍，叫儿子必须读两遍，可倔强的儿子在读了一遍后就不愿意再读第二遍，这下，母亲很是恼火，于是她就用手打儿子的脸，儿子还是不读，气急之下的母亲就找来木棒打儿子的头，父亲更是气急败坏，他拿来一把木尺子多次打儿子的头。夫妇俩又是凶、又是骂，一直持续了两个多小时。晚上，一家人上床睡觉后，儿子突然出现剧烈呕吐，情急之下的父母将儿子送往医院，然而，一切已经无法挽回，3 岁的儿子在自己亲身父母的威逼、痛打下，由于颅内大量出血而痛苦的死去。这虽是极个别的案例，但从中透露出不少父母和其他关爱孩子的人，对孩子的那种看是爱，其实是害，看是负责，其实是扼杀孩子的天性、伤害孩子心灵的错误做法。

还有另一个活生生的案例。一天，住在离我们家不远的八岁孩子（评评）在练钢琴时突然双手僵硬，父母赶紧将他送到医院，经确诊，评评患了癔症，据此，医生对评评进行心理疏导。

评评说："我每天放学后，既要做作业又要练钢琴，周末还要去学奥数，学英语。我现在除了睡觉，就是和书本、分数打交道，实在是很'辛苦'。"

评评的话实实在在的反映了现在不少孩子的生活。更多的孩子虽然没有遭到父母的谩骂与毒打，也没有患上癌症，但他们的生活同样是在父母和社会的压力下过得是那样的紧张，那样的严肃，那样的缺少天真 烂漫， 那样的缺少欢乐。

由于社会大环境的变化，父母们感到社会的各种压力，他们担心自己孩子的未来，因此，早早的为孩子规划好前途，孩子们过早的就要承担父母转嫁来的压力，孩子每天不但要完成学校繁重的学习任务，还要按照父母的计划安排完成其它的学习任务，他们的生活除了学习就是分数，除了分数就是证书，孩子们的幸福和快乐就这样被父母和其他关爱他们的人拈在手里，任意的蹂躏。他们弱小的生命只剩下无奈、痛苦和可怜的呻吟。

那么，作为父母和其他关爱孩子的人是否愿意改变孩子的现实命运，让他们找到幸福和快乐的感觉，甚至为来到这个世界而感到骄傲、自豪呢？这是值得每位父母和其他关爱孩子的人深思的问题。联系到我们自己，有人肯定

无奈生命的自豪

要问你们是怎样做的了呢？

在我们女儿出生之前，我和爱人就作过认真的分析、讨论。我们认为，女儿的生命虽然是我们创造的，但她并不属于我们，她只属于她自己，女儿 不是我们的私有财产，我们无权掌控她的命运。女儿有权获得幸福和快乐，只有获得幸福和快乐的孩子才会感到生命的重要，才会体会到人生的意义和价值，才可能会为自己获得的生命感到无比的骄傲和自豪。本着这样的认识和观念，到我们女儿出生后，我们把让女儿在成长过程中获得幸福和快乐作为头等大事。从女儿出生开始，我们在关爱女儿物质生命的同时，特别注意关爱她的精神生命。

学龄前，我们采取松散型和自然式相结合的方法，让女儿自由的玩耍，快乐的生活。在没有危险的情况下，女儿想玩什么都可以，想怎样玩都行。在学习方面，女儿愿意学什么，我们尽量帮助她学，不愿意学的我们决不勉强，完全听任自然。每天，我和爱人尽量挤一定时间和女儿共同玩耍。我们一道玩玩具，一道做游戏，互相讲故事，共同做家务等等，让女儿在玩的过程中既感到愉快，又增进和我们的感情。

记得那时女儿非常喜欢做一个"小医生"的游戏。女儿穿着白衣服，带着白帽子，身边摆放着我给她买的一套玩具医疗工具，全然象一个医生的样子。爸爸、妈妈伴成病人到"医院"来看病，有时我装成病得很重的样子，女儿认认、真真的给我们看病，小心翼翼的给我们输液、打针，她不时的关心我们不舒服的地方，鼓励我们要坚强，要勇敢，她用一个孩子的细心、耐心、同情和理解表达着对别人的关心和爱。当我们很快康复时，女儿常常会兴奋得又是拍手又是跳脚，她既为我们感到高兴，也为自己的能力和成功高兴。我们感到通过这样的游戏无形中也培养了女儿的爱心。

女儿除了在幼儿园，在家就是全自由的时间，直到进入小学。

进入小学后，我们采取外松内紧的方式对女儿影响、引导和管理。外松，就是对女儿我们不先入为主，不用我们的意愿和习惯去要求女儿，去强加于她。坚持和女儿商定不同时期的目标和实现这些目标的方法，从点滴中引导女儿学会自己管理自己，在完成学校的任务以外，不给她增加其它的学习任务，多余的时间女儿可以根据自己的兴趣和喜好去玩、去做，尽可能的使女儿感到没有压力、轻松、自在。内紧，就是我们比较注意观察分析她的言行，尽可能的从中发现好的思想动向，心理及情绪的变化状况，以及她的各种习惯，每当我们通过观察、分析发现女儿的问题时，我们不是采取简单粗暴的方法，而是根据具体情况要么用行动给她做榜样影响她，要么用情去感动她，要么用"聊天""吹牛""摆谈"的方式让女儿自觉认识到自己的问题。有时在时间不允许的情况下，我们也坚持用商量和建议的口气给女儿提出问题，促进她自己改正。

有一段时间，女儿学习马马虎虎，作业简直就是想当然，我们从班主任老师那里回来后不动声色，但我和爱人都成了马虎和想当然的典型。妈妈做的菜不是忘了放盐，就是把盐放成白糖，家里一下变得混乱起来，每天要用的东西这也找不到，那也找不到。我总是没精打采的样子，对什么都没有精神，对什么都不愿认真。看到这种景象，女儿很快就明白了是怎么回事，她说："爸爸、妈妈我求你们了，我知道我错了，我一定下决心改正。"从那以后女儿无论学习和做事都有大改观。

还有一次，是在我不在家的日子里，一天，女儿放学后和几个同学跑到很远的地方去玩，他们高兴、快乐，玩得心花怒放，可天很快就黑了下来。妈妈下班到家不见女儿回来，按理她应该先到家的，饭菜做好后还是不见女儿回来，妈妈焦急的左等、右等，但始终没有女儿的任何音信。天已经黑了下来，妈妈再也坐不住了，她打着手电筒到女儿可能去的地方逐个的找。找了几个小时才在女儿同学的帮助下，在一个同学家找到了女儿。她们还在玩得高兴，还在那个同学家吃了饭。

看见女儿，妈妈提着的心终于放了下来，她没有发火，没有生气，而是用平缓的口气对女儿说："玩好了没有，可以回家了吗？"听到妈妈的问话，女儿抬起头来，说了声"回家。"于是和大家告别后，跟妈妈往家里走，到家坐下后，妈妈问："你在外玩了这样长的时间，你想过什么没有？""想的，但都是同学和玩的事情，其它没想什么。"妈妈又问："哪，你想知道我想了些什么吗？"女儿说："当然想知道。"其实当时女儿不一定真的想听妈妈讲，但她感到妈妈是真真实实的在爱自己，因此，请妈妈说。"自从我下班到家，时间一分一秒的过去，按正常情况你应该是先到家的，但不见你的身影，我想，你可能有事耽误，或是和同学玩一会就会回来的。可无论我多么焦急的等待，始终不见你出现，同时也得不到你半点的音信，我想，女儿该不会出什么事吧？不会被坏人…… 不会发生什么危险吧？……"，说着，说着，妈妈的眼泪情不自禁的掉了下来。看着妈妈动情，女儿再也无法平静，她抱着妈妈痛哭起来，一边哭，一边说："是我不好，是我不对，我今后一定注意……"。妈妈说："不是我们不要你玩，只是你在该考虑到别人的时候一定不要只顾自己，要想到爱你、牵挂你、关心你的人。"女儿默默地点头。

初中阶段，我们主要采取"聊天""吹牛"的方式让女儿精神生命得到放松，理解、愉悦，从而焕发出动力。由于女儿是住校，每周回到家的时间只有一天半，就是这点时间女儿除了完成她学习上的事情外，还要做完她一周内留下的很多生活琐事，在有可能的情况下大家一道干点力所能及的家务事。这时我们尽量注意抓住时机和女儿进行"聊天""吹牛"，海阔天空、天南地北，一周的工作、生活以及所见、所闻、所感，我们尽量具体生动的和女儿"聊"和女儿"吹"，一家人常常出现激动、兴奋的热烈场面，通过"聊"、"吹"我们从中了解和弄清女儿她们的生活、学习和喜、怒、哀、乐，以及很多困惑和所思、所想，这样，我们就能进一步站在女儿她们的角度与她一起思考，一起感悟，尽量找到共鸣。女儿感觉我们不像她的父母，到像是她的同学，她的好朋友。

高中三年，我们采取当"啦啦队"的方式，非常放心的为女儿加油、鼓励。在很多人的心中，孩子进入高中是一个非常关键而又困难的时期，应该给他们特别的关爱。看着我们周围的很多人为了孩子这时期的学习忙得不可开交，有的是一家人跑到条件好的地方租房子住，以便更好的把孩子管好服务好；有的是一边上班，一边想方设法抓紧一切时间忙孩子的生活；有的费尽心思帮孩子弄这样补习、那样补习；还有的甚至是长期请假全天侯的照顾孩子。

一些邻居、同事问我们："你们怎么不去照顾一下孩子呀？不去管管孩子呀？这样重要的时期你们还这样的逍遥、自在？……"一些人甚至认为我们是不负责任的父母，我们明白他们的好意，但同时我们明显的发现很多父母和其他关爱孩子的人只注意到问题的表面，没有注意到问题的实质，他们所谓的"特别关爱"不但没有为孩子带来宽慰，减轻负担，变得不畏困难，勇敢、坚强，相反，很多孩子感到他们背上了更重的包袱。一方面他们要面对紧张、繁重的学习，另一方面，他们被迫接受父母更多的关爱，他们觉得欠父母的更多，他们害怕自己有闪失对不起父母和其他关爱他们的人。

我们做女儿的"啦啦队"，有一个坚定的信念，不管女儿遇到何种情况我们的任务都是为她加油，为她鼓励。为她做精神上强大的后盾。

记得女儿在高一下学期里，有一段时间学习成绩起伏很大，同时还出现过几次上课迟到的现象。班主任老师请我们到学校，不留情面地批评了我们，然后认真的向我们建议一定要加强对女儿的管理。

根据我们对女儿的了解和懂得，我们坚信女儿是很清楚自己情况的，一定会找到解决问题的办法、调整好自己的。她迟到的问题肯定有她的原因。果然，不久后班主任老师见到我们说："你们的女儿进步很大，这真是多亏你们及时抓紧管理的结果。"然而，班主任老师一点也不知道，我们并没有说过女儿什么，她更不知道女儿是单独居住，自己管理自己。

女儿进入大学后，她那健康、舒展、积极向上的精神生命让她在新的环境中不断展现出自己的能力，不断迸发出巨大的力量。而我们从这以后所担当的角色主要就是女儿最忠实的朋友，我们所做的主要就是做女儿心灵的港湾。

每当女儿遇到难以解决的矛盾和困难，甚至出现困惑时，我们就是女儿最佳的宣泄对象，现代化的通信工具把我们紧紧的联系在一起。

温馨提示：由于孩子生命的弱小，在很多父母或其他关爱孩子的人眼里他们的思想、情感、内心体验等等精神的东西常常被轻视，这些孩子的精神生命常常在痛苦中挣扎，因此，他们的幸福感和自豪感很容易丧失，精神生命的扭曲也是件容易的事。

二、不因为我们的贫穷或富有

有人把贫穷作为不重视家庭教育的借口，有

人把富有作为溺爱孩子的资本，殊不知，他们是用不同的方式在害自己的孩子。你想从实例中找点警醒或启示吗？

现阶段由于社会的变革和每个人在社会中的地位、分工等等的原因造成人们收入差距，而这种差距还在不断加大，人们感觉贫富悬殊越来越突出。很多相对贫穷的父母和其他关爱孩子的人认为自己生不逢时，处于巨大社会竞争压力的今天，为了生计，为了在社会上有立足之地，为了自己的前途和发展，他们不得不拼命的工作，或绞尽脑汁的投入到竞争当中。对于自己的孩子，谁不想让他们有好的生活，接受好的教育，有很好的前途，可他们只能常常感叹心有余而力不足，同时那些富有的人发现自己有金钱、有条件让自己的孩子过上好的生活，接受好的教育，按理说他们的孩子应该前程似锦，有理想的人生。可实际呢？有不少富人的孩子不仅不愿想自己的前途和人生，更不会为父母着想。他们意志消沉，找不到自信，离开父母的金钱，离开父母这座靠山他们简直是寸步难行。这又是为什么呢？其实，决定孩子生活、前途和人生价值的根本因素并不是贫穷或富有。很多人过份的看重贫穷或富有，而忽视了作为精灵的孩子他们的精神生命是否健康，这才是导致孩子们生活难以幸福、前途难以光明，找不到人生意义和价值的关键。

　　一个人的贫穷或富有是由多种因素决定的，有时是由不得自己所把握的，但对孩子健康精神生命的培育和影响却是我们每个父母和其他关爱孩子的人都可以做到的。有时贫困不一定是坏事，相反它是一笔财富，不少从贫困中走出来的孩子，他们除了具有坚强的意志，懂得父母的辛苦和爱而外，更能激发起他们奋发向上的动力。我工作的单位是一个科研单位，在我们单位的科研人员中，有很大一部份人是来自比较贫困的农村家庭，据他们介绍，他们家境都很贫寒，父母很勤劳、朴实。父母虽然很辛苦，但他们对生活非常有信心，在父母或老师、或者其他关爱他们的人的影响、教育下，通过自己的刻苦努力达到大学毕业，有的甚至是硕士、博士毕业。现在，这些人在实际工作中又不断的用自己的心血和汗水取得一个又一个可喜的成果，绝大部份人已成为了科研战线上的骨干。而在我自己的成长经历中更有着同样的感受。

　　前面提过，在我三岁那年，我父亲不幸患上肝癌去世了。当时我们是四姊妹，大哥虽有十三岁，但因小时候患过脑膜炎和小儿麻痹症，不但生活不能自理，还经常做一些破坏性的事情，二姐十一岁，三哥七岁，更可怜的是我母亲身上还怀着已有几个月的小弟弟。母亲没有工作，全家人的生活只能靠父亲死后得到的几百元的抚恤金。

全家人生活的重担一下全部压到母亲一个人的身上，怎么办？有好心人给母亲出主意："把肚子里的孩子打掉，再找个丈夫，有个靠山就好办了。"也有人提出："找几个好心人家，把孩子送给他们……"可母亲想：若再找个丈夫，谁能保证他会对孩子们好呢？可能性很小，自己的事只能靠自己。肚子里的孩子同样是爱人和自己感情的结晶，我无权毁掉他，我决不能做对不起爱人的事情。把眼前的孩子送给别人，一家人四分五裂，不说别的，我连自己的良心都对不起，若是这样做，我一辈子都不得安宁。我一个人抚养孩子们长大肯定会有很多预想不到的困难，生活肯定会很苦，但只要有思想准备，就会不怕苦和累，只要肯动脑筋，想方设法就没有过不去的难关。况且，孩子们终究会长大，生活总会有好起来的一天。就这样，母亲用她伟大的爱，用她坚定的信念和吃苦耐劳的精神将我们四个姊妹团聚在身边，同时她用她的坚强和智慧不但让我们健康成长，而且让我们生活得幸福、快乐。

小弟弟出生后，母亲权衡了当时的情况，在邻居的帮助下，她含着泪将小弟弟送给了离我们家不远的一个好心人家，成全了弟弟的人生。没有工作的母亲，面对艰难的生活，面对我们四个孩子，她多次对我们说："人的一生不知会遇到什么样的难题，不论遭遇到什么样的挫折，只要你怀着一颗必胜的心，不害怕、勇敢的去面对它们，办法是一定会有的。同时，不论在什么时候，不管别人怎么想，怎么看我们，关键是我们一定要自己相信自己，自己看得起自己。"

送走了才十几天的小弟弟，母亲顾不上休息，她开动脑筋想办法，开始为一家人的生计奔忙。母亲找来一个小铁桶，自己做了一个小火炉，买来一张能折叠的小圆桌和几个小板凳，用糯米自己做甜酒，每天晚上用石磨磨成米浆，再将米浆滤干，备好汤圆馅子，早晨天快亮时就起床，一个人将所有准备好的东西担到离我们家一公里多的父亲生前工作的厂门口做起了卖甜酒耙和汤圆的生意，这一做就是三年。

三年后，母亲在父亲生前工作的厂领导的关照下当上了一名家属工。所谓家属工，其实就是非正式的工人，她们干的活与同工种的正式工人一样，但收入只有正式工人的一半左右，并且没有正式工人的福利待遇。很多时候，家属工常常受到一些人的冷眼和欺辱，为了我们的快快长大，为了一家人的幸福，母亲忍受着，母亲努力着……

母亲没有文化，谈不出什么大道理，不会说什么豪言壮语，但母亲在艰难困苦中的那种不怕困难，坚忍、刚毅、不屈不挠地为自己的信念和目标不断努力的精神，始终在不断的影响和激励着我们。

为了减轻母亲的负担，二姐才十五岁多就退学进了工厂当学徒，她工作认真、勤奋，对母亲和我们兄弟的爱是非常的尽心尽意。三哥到十六岁时也退学进了工厂，为了大家的生活同样也早早的就作出他的一份贡献。我十七岁时，想到母亲的艰难和辛苦，想到二姐、三哥的努力，我也决心锻炼自己，走一条自立的路，因此，我毅然决定退学下乡当了一名知青。

在我的人生道路上，每当遇到困难和打击时，我自然就会想到母亲的坚强，想到母亲在困境中拼搏的身影。我深深的体会到有一种无形的力量自然地注入到我的灵魂之中，我的整个生命，不管是物质的生命，还是精神的生命始终充满着无穷的力量。这也算是贫穷，逆境带给我的一笔财富吧。

认识了贫穷，让我们再来看看富有。

在离我们家不远的一个地方，有一个农民企业家叫黔天亮（化名），他从八十年代末就开始在商场上拼打，经过十多年的奋斗，早已积下了一笔非常可观的家产，然而他对于金钱的认识不同于很多人。他常对自己的儿子说：

无奈生命的自豪

"我们家里是有点钱，我们比一般家庭的条件是要好些，但你不能指望家里的钱，更不能依赖家里的条件，一个人的未来必须要靠自己去创造，在努力创造的过程中你才会体会到人生真正的意义和价值，你会在你的创造所得中充分感受到人生的美妙。"因此，在儿子面前，他和爱人从不谈论家里的财产问题，想方设法谈化金钱的作用，各种大的、高一点的消费都避开儿子进行，对儿子的开支完全比照一般家庭孩子的开支支付，对儿子的学习、生活条件从不搞特殊化。

聪明的儿子现在已是重点高中的学生了，他从小看到和感受到的是爸爸对事业的执着、认真，办事的精明、果敢，以及善于学习和钻研的精神，同时儿子觉得自己的生活虽没有什么特殊，但并不比别人差。自己要的是和别人平等，和朋友亲近，以及自己精神世界的充实和愉快。用儿子自己的话说，靠家庭和父母得到的辉煌不是光荣的事情，靠自己的努力、奋斗得来的东西才最值得骄傲和自豪。这就是孩子的精神生命得到合适营养之后的健康反映。

温馨提示： 贫穷不可怕，怕的是看不到希望。富有未必什么都好，因为它常常遮住我们的眼光。一个心中充满希望的人，他会把贫穷化为激发孩子奋发、向上的动力。一个被富有迷惑的人，会把希望掐死在成长中。

三、不因为我们的困惑

困惑人人都会有，聪明的父母和其他关爱孩子的人不会把困惑作为包袱去影响孩子的身心，去削弱他们的精神生命。相反他会把它转化成动力，去激励孩子上进。你想了解一下别人的经验吗？

在现实生活中，每个人或多或少都会有一些困惑，比如说，我们在工作中遇到各种难以解决的困难和矛盾时，比如说我们明明有好的表现，而且自己做出了成绩却得不到别人的肯定，相反挑剔、指责到处是；比如说，由于自己性格的弱点，常常重复失误；比如说，夫妻间不小心遇到一些恼人的情感纠纷；比如说，由于生病可能会影响生活或工作中的很多事情等等。在这些困惑面前父母们的态度如何，精神生命的状况怎样，对孩子的精神生命都将产生直接的影响。

让我们看一个发生在我的一个熟人家的事。主角叫李八斤（化名），他出生在一个工人家庭里，他们家有四个姊妹，二男二女，他在家中排行老大，从小李八斤倍受父母的宠爱，母亲非常的勤快、能干，全家大大小小的事情基本上都不用孩子们插手。父亲对母亲也很体贴，除了干好外面的事情外，家里的脏活、重活他是积极主动的去干。

无奈生命的自豪

在父母的关爱下，李八斤在家比较霸道，在外又胆小怕事，他经常是以自我为中心，很少顾及别人的心情和感受。

1982年李八斤结婚成了家，第二年就有了儿子，表面看来李八斤已经成家立业，但他强烈的感到他对工作中的困难，对夫妻间关系的把握，还有对那些烦杂的家务事，始终是既厌烦，又害怕。夫妻间常常不能相互忍让，为一点小事双方可以争吵不休，有时甚至大打出手。

儿子李万朋，长得虎头虎脑的，但头脑非常灵活，从他的眼神中你会明显发现有一种聪慧的灵气，每当爸爸愣着眼睛向妈妈发火的时候，幼年的小万朋一般都是默不出声，走到一边，做自己的事情，有时他会瞅准机会为爸爸、妈妈做这做那，对他们进行安慰。爸爸时常抱怨自己的工作既苦又累，常常在家中发泄对领导、对同事以及对很多人的不满，一天天长大的李万朋在爸爸的怨气与牢骚声中逐步觉得生活是那样的无聊，一个人活在世界上要面临那样多的艰难困苦，想起来都可怕。因此，学习上他一步步的丧失了信心，生活上能混就混，得过且过，无论做什么事都是随随便便，马马虎虎。十四岁的李万朋读到了初二，对学习早已产生了厌倦，他忍受不了学校的生活，他坚决的离开了学校，但该干什么，自己也不知道。2001年李万朋因盗窃和结伴斗殴致残他人被判处有期徒刑五年。更不幸的是，入狱一年多后，在一次矿难中李万朋死在了井下。

噩耗传来，李八斤夫妇痛不欲生，他们诅咒苍天，诅咒自己的命运，他们从心底里发出呼喊，为什么啊？这到底是为什么啊？

后来在李万朋的遗物中找到一封未写完的给父母的信，回答了父母的为什么。

爸、妈：

我想死，我真的想死，但我一时又下不了决心。我想你们，我又恨你们。想你们是因为你们是我最亲的人，你们爱我，关心我，养育我，然而现在我最恨的也是你们，因为从我记事起，我从你们那里感受到的不是对社会的不满，就是对别人的憎恨，人生到处是烦恼和痛苦。长大了的我，想发泄，想找到快乐，可最后带给我的是灾难，是更大的痛苦。

看了这封信，我们清楚的明白是什么导致了李万朋的人生悲剧。

与此相反，我的朋友沈建全（化名）的经历带给我们的又是另一种面貌。"文化大革命"中沈建全的父亲被打成了"反革命"投入了监狱，一家人处处遭歧视，无论干什么都遭别人的冷眼，沈建全一家弟兄四个，他是老大，爸爸不在家，十五岁的沈建全就成了家里的顶梁柱。为了照顾妈妈，家里、家外的各种重活，他抢着干。为了保护弟弟们，在各种冷眼和打击面前他总是冲在前面去抵挡。为了给母亲分担重担，沈建全退了学四处找临工抓收入。十九岁时本来有做正式工作的机会，可他想到二弟身体不好，又毅然将机会让给了二弟，自己选择了下乡当知青。在五年的知青生涯中沈建全体会到了人生更多的艰辛和感受到了更多的困惑，那时，他特别需要解除一个个困惑，他向往好一点的生活，他希望一步步的改变自己的人生，可到那里去找答案呢？在那个年代，他无法找到答案。

1977 年全国恢复招生考试制度，一下唤醒了人们对文化知识重要性的认识，沈建全也开始觉醒，他感到要改变自己的生活，要改变自己的命运必须要走学习之路，然而自己的学习被耽误得太久、太多，要补难度太大，但无论再难也要补。从此，沈建全除了工作之外，就是如饥似渴地学习，尽管这样，但由于底子太差，经过几次考试，不说是大学，就连中专、技校都没他的份。 1980 年他被招进工厂当了一名工人。跨进工厂的第一天，看着宽大的厂房，沈建全想，经过多年的坎坷和风雨自己虽没有考上什么专业学校，但能有个比较稳定的工作，能踏踏、实实的做人其实已经很不错了，今后只要自己肯努力、肯付出，相信同样也会做出可喜的成绩。人生中需要学、需要钻的东西太多、太多，往后的日子怎么过完全看我自己。就这样，面对新生活沈建全丝毫没有因过去的困惑而抱怨社会的不公，抱怨自己的命运不好，他努力去发掘新的希望，去体会新的快乐。

通过几年的读书、补习，沈建全不但极大的丰富了自己，同时也养成了爱读书、爱学习的好习惯。自从不针对考试补习以来，他把注意力转移到看大量的传记、小说、历史书上，他在为满足爱好提高自己综合素质而学习的同时，不断努力学习工作中需要的技术知识。他感到生活越过越充实，越来越有意义。进厂工作多年，沈建全年年出色完成任务，年年都被评为先进工作者。

1984年沈建全结婚成了家，第二年有了自己的儿子。看着儿子的小样，沈建全想到儿子的成长，儿子的未来和人生。他进一步想，我们作父母的在生活中可能是有很多困惑，有的人因困惑而产生一些消极悲观的认识，他们又把这些态度和认识传递给自己的孩子，从而影响孩子的成长，但作为聪明的父母就一定不能干这样的傻事。

儿子一天天的长大，很重视儿子教育的沈建全通过学习后和妻子商量道："我们要教育好自己的儿子，就必须走进他的心，要走进他的心，只有和儿子做真正的朋友，

无奈生命的自豪

我们可以将我们过去所遇到的困惑,在儿子听得懂的时候用摆故事的方式和儿子摆,与他共同讨论、共同感悟人生的真谛。"当读小学的儿子为孩子为什么每天都要读书呀、学习呀,既苦又累,又不好玩而感到困惑时,沈建全夫妇敏锐的感觉到儿子主要是心累,应该给儿子的心放放假,要让儿子感到学习不是为别人,是为自己,让儿子感到应有的快乐,同时感到爸爸、妈妈对他精神上的关爱。很长时间,在家里他们一般都不提学习的事,也不讲学校里的事情,只要儿子愿意就让他随心所欲。聪明的儿子领悟到了爸爸、妈妈的用意,他不但没有松懈学习,同时,还逐步懂得了爸爸、妈妈对自己的良苦用心。

有几次,读中学的儿子发出这样一些感叹:"分,分,分,学生的命根;考,考,考,老师的法宝。"生活中高分低能的人确实多的是,学校和老师眼睛为什么就紧盯住我们的分数呢?为什么一些老师和家长总是看不到我们的长处和进步,他们总是用不满的眼光看待我们呢?等等。儿子在一篇日记中写道:我们的班主任老师像个两面人,有时看见她和其他老师摆谈时,满脸都是笑,一副和蔼可亲的样子,可当她面对我们时,她马上就板起了脸,一副我们欠她的债似的。她挂在嘴上的话经常是:"你们都是初三的人了,眼看中考一天天的逼近,你们还在想到玩，这样下去会有什么样的结果？"其实，在我们心中看着老师认真、焦急的表情，说句实在话，我们也有几分心痛，甚至同情，然而，我们想问：老师你能不能放松点，多看看我们的努力和进步呢？针对儿子的困惑，沈建全夫妇逐个进行详细的分析、研究，努力帮助儿子找到答案，消除困惑。

对于考分的问题，沈建全夫妇从自己做起，他们一般不直接过问儿子考分，让儿子根据自己的想法和感觉，以及老师的要求讲述他在学校里的情况，他们特别注意的就是平时多和儿子摆谈各种共同感兴趣的事情，多听取儿子的想法和意见，从中了解他的喜、怒、哀、乐，和儿子一道分担和分享。在儿子没有顾虑和压力的情况下，和儿子探讨未来的目标，激发儿子的奋斗精神。

功夫不负有心人，儿子既活泼、开朗，有非常懂事，一次，他说："是的，我们有困惑，其实老师和爸爸、妈妈同样也有困惑的时候，我们不能因为一点暂时的困惑就不努力学习，就改变自己的生活目标，以后肯定要后悔的。"是的，沈建全夫妇无形中在用自己的精神和对人生的积极感悟和态度帮助、引导着儿子，儿子从父母的言行中不断领悟到了很多人生的道理，这些道理儿子可能一时虽表达不清，然而他已感到精神上获得了一种的巨大鼓舞。相信父母们一定会有很多感悟，更相信父母们完全能找到针对自己孩子如何做的方式、方法。

2003年8月的一天，沈建全的儿子在即将离开父母投入到大学生活的日子里，他满怀深情的对父母说："爸爸、妈妈，我真的感谢你们，不仅感谢你们给了我一个健康的身体，我更感谢你们给我精神上的轻松、快乐，在这种轻松、快乐、幸福中我的生命自然产生出了强大的力量，这种力量让我克服各种困难，推动我一步步的走向成功。"

想到这里，我们家的几个故事又跳进了我的脑海中。那是女儿在读高一时，她对跆拳道有了浓厚的兴趣，暑假一到，她就报名参加了跆拳道训练班。可参加训练后才真正知道，其实要学好跆拳道也是一件非常不容易的事情。首先，学跆拳道最好是从小训练，女儿已是读高中的人了，年龄早已偏大。其次，跆拳道对基本功要求非常严格，既要腿部很有力，又要求腿特别灵活、伸展。拉韧带，练半蹲，一做就是几个小时，七、八月份的天气本身就是火辣辣的，学员们边练脸上的汗水连成线似的往下淌，更可气的是教练一点同情心都没有，他们不用语言对大家的解释，他们手上提着教鞭只要发现那个学员的动作欠规范，上去就可能给你几鞭。受不了的人越来越多，眼看一道进去的同学，甚至是好朋友都已退场，女儿想，我只是爱好跆拳道,是否有必要一定要吃这个苦,受这个罪?人生中可以锻炼人的机会和事情多的是,我是否可以灵活些呢?

当女儿向我们说出她的想法时,我们一家人你一言,我一语的展开了讨论。妈妈说:"现在看来,学跆拳道是比我们原先想象的难得多,但是现在如果因为它比我们预料的难就放弃、退缩的话,那不就等于承认我们意志的薄弱吗?我们相信我们的女儿一定不会做那样的人。大量的事实证明一个意志薄弱的人在困难面前要么停止不前,要么被困难吓倒,要么逐步变成一个什么也怕干,什么都干不了的人,最终等待他的就是可怜和可悲。"

"我当然不做那样的人。"女儿一边说,一边用坚定的目光看着我们。我假装严肃地说:"从这次学跆拳道的情况看,我觉得女儿讲的也很有道理,我们又不是要搞跆拳道专业,何必去吃那个苦,受那个罪,一个不小心还要吃教练的鞭子,受教练的气,不学就不学了,有什么了不起。"女儿打了我两下笑着说:"好了,好了,我明白了。"

我接着说:"人生中遇到很多出乎预料的困难、困惑是常有的事,也是正常事,只要我们不怕就总会有办法战胜它,现在的情况就是如此,其实,一旦我们想开了,它就是锻炼和考验我们的好机会,,很多人正缺少这样的机会呢。用好它,它会成为我们一生中的宝贵财富。"女儿高兴地说："好，你们等着瞧吧。"

经过两个月的刻苦努力，女儿从白带跳入绿带，最后升入蓝带，女儿不但熟练掌握了跆拳道的很多基本知识，同时还深刻的体会到在坚定信心，战胜困难，取得成功的过程中精神力量的伟大，而这种力量就来源于自己强健的精神生命。

我们和女儿在长期的互相理解、关爱的过程中，随着女儿的长大，不仅是我们帮助女儿解决困惑的问题，在我们遇到困惑时，女儿也很能理解我们，并用她那颗滚烫的心温暖我们，让我们很快消除心中的困惑，达到快乐的状态。

记得在几年前爱人单位的一次年度考评中，按照单位事先制定的规定和评比办法，经过逐条逐项计算评比，爱人都已达到了优秀工作者的条件，可因为爱人前面连续两年都已被评为优秀工作者，如果这次再被评上按国家规定自然就要晋升一级工资。这时，有同事坚决地提出说："单位的评比办法不对，应该取消，重新制定评比办法。"接着，评比小组研究同意按该同事的提议重新制定评比办法。新办法制定好后，经过重新计算、评比，结果爱人的成绩还是领先。这时该同事又坚决反对，并要求再次取消评比办法，当时的负责人也不置可否。一种强烈的困惑死死压住爱人的心，她欲哭无泪，她想发泄又觉不妥。

回到家里爱人痛痛快快的诉说出她的压抑与憋闷，她说："我真想不通，现在的人为什么会这样？还有没有公理？面对这样的事情，我真不知下一步该如何处理……"那时，正好女儿刚回到家，听完妈妈的诉说，她想了想，说："妈妈，平时你们不是教我无论遇到什么难办的事、难解的疙瘩、要想法朝大处想、宽处想吗？眼前的这个事，其实说穿了就是一个'利'字和嫉妒心在作怪，假若我们抛开这'利'字，跳出狭隘的思想圈子，用无所谓，不管它的办法，那我们不就能找到心理的平衡了吗？因为我们该做的都已经做了，其它的事我们无能为力，最好的做法我觉得就是随它去。"女儿小小的年纪；能有这样的见解，妈妈真感到欣慰和激动，听完女儿的话，妈妈的心里顿时感到既舒畅又满足，她一下把女儿抱住像个孩子似的说不出话来，热泪情不自禁的从眼眶中涌出……

后来，爱人的评比问题在多位领导及同事的重新主持下，爱人顺利的当上了优秀工作者。我们实在觉得无所谓，因为我们得到了比评比结果更重要的东西。

温馨提示：父母和其他关爱孩子的人不应该把困惑当成包袱，经常在孩子的面前诉苦、发愁，显得无能无力，应该经常了解孩子的困惑，引导、帮助他们用精神的力量去战胜困惑。还子战胜困惑的过程，也就是他们找到自信和自豪的过程。

四、不因为我们处境的好坏

一个人处境的好坏很多时候不是由自己决定的，但他对自己孩子进行积极的、健康、向上的影响和引导，却是可以努力做到的。你想深入学习，并努力去做吗？

一个人在什么样的环境中生长不是由他本人决定的，但作为孩子的父母和其他关爱孩子的人完全可以通过自己的努力帮助孩子获得健康、积极向上的精神生命，从而获得幸福和快乐的人生。

我有一个住在偏远农村的表姐，她有五个孩子，而五个孩子都是女孩，可奇怪的是这五个孩子个个都争气，用当地人的话说："他们家的一个女孩可以当我们家的几个男孩，这家人的爹妈真是有福啊！"

表姐的大女儿1986年从省里的师范专科学校毕业后被分配回当地的一所中学任教，已当校长多年。二女儿1989年从省外的一所医学院毕业，现在省里的一所大医院工作早已是主任医师。三女儿1993年到广州、深圳打工，1998年回家乡开办了一个建材厂，生意做得红红火火。四女儿跟着姐姐做建材生意，现已单独在省城开了多家建材销售店。五女儿2005年在四川大学读完计算机专业的硕士研究生后，留在成都从事计算机方面的工作。

听了表姐家的情况介绍很多人都会感到惊讶和想不通。很多熟人都知道表姐家居住的地方虽然离省城不到一百公里，但它是一个高山连绵，交通不便，信息闭塞，经济落后的农村。当地的自然风光美丽迷人，但人们的思想观念却普遍陈旧落后。就拿表姐夫来说吧，虽然他是一个性格温和勤劳而富有牺牲精神的好男人，但在生儿育女方面他就表现出严重的重男轻女和不尊重表姐的霸道行径。本来表姐家有三个女儿后表姐就表示坚决不再生孩子了，但表姐夫不顾一切的坚决不同意，他说："没有儿子我说话、做事都没有面子，我干事、活着都失去了意义，因此，他一再用不干活、甚至用死来威逼表姐，表姐实在无法，才又生下第四和第五个女儿，表姐夫这才绝望死心。经过几年过度、调整，表姐夫被迫才慢慢地接受了这个事实，被迫才慢慢的从颓废中拔出来。

表姐是一个非常不容易而了不起的女人，记得表姐年青的时候曾经来我们家和我们一起生活、学习过几年。表姐聪明、勤快，读书的成绩一直很好，妈妈本来想把她留在城里，后来因为她父亲生病她必须去照顾父亲。（因为她母亲早年已过逝），因此她回到了家乡。然而，自从表姐有了孩子后，她把她的勤劳、聪明和智慧倾注到了孩子身上，孩子在她的培育、影响和诱导下，她们的生活、学习、思想、观念以及很多习惯都与当地的同龄孩子有所不同，，这可以说也是她们一个个能从当地较差的环境中脱颖而出的主要原因。表姐虽然只能算是一个小学文化程度，但她非常喜欢读书、学习，她看过很多书，她明确的意识到文化知识的重要性，用她的话说："宁可吃差点、穿差点、少睡点，也要让孩子多学点。一学做人的知识，二学文化知识、三学生活知识。"因此，她每天无论怎样忙，如何累都要挤一定的时间关注孩子们的学习。尤其是在表姐只有大女儿和二女儿两个孩子时，她的时间、精力相对宽松，她每天都用她已有的知识对两个女儿进行引导，想方设法在家里创造出良好的学习氛围。后来随着孩子的增多，表姐把很大一部份精力用于教大女儿和二女儿如何去带好下面的小妹妹上。大女儿和二女儿在接受妈妈的影响和引导的同时，通过对妹妹们的帮助和管理，不但促进了自己的学习、成长，而且还练就了自己较强的生活能力，学习能力。

表姐除了重视孩子们的文化知识学习以外，她还注意用自己的言行去影响、感动孩子。每当家里或她自己遇到什么困难和挫折时，她从不对孩子们隐瞒，可能的话她会把全家人招集在一起共同寻求解决办法，表姐用她那智慧而坚毅的品格对孩子们进行着长期的、有形和无形的影响。与此同时，表姐定期给孩子们讲故事，她把她看过的很多名人成功的经历，以及一些社会的、科技的知识用故事的形式讲给孩子们听，可以说在几个女儿的心中从小就被被播下了坚毅、刚强、奋发向上，懂得爱、懂得感恩等优良的种子。用现代流行的话说：她五个女儿想不出类拔萃都不行呀！

还有，不久前有媒体报道过这样一个真实的故事，沈阳市有一个叫赵敏（化名）的单身母亲，靠经营家具建材厂挣下了 500 多万元的资产。2002 年，她十八岁的儿子徐建国（化名）没能考上大学，但他想到母亲有钱，他家现实的生活条件已非常的好，以后他只要不贪心，没有过高的奢望，靠着家里的底子，将来过着轻松、安逸的生活是没有任何问题的。可万万没有想到的是，2002 年 9 月 23 日，母亲斩钉截铁地对他说："现在你已经长大成人了，你必须到外面去闯闯，只要你一年后能活着回来就算你成功。在这一年中你不能回家，更不能向家里要钱。"徐建国见妈妈这样绝情，他接过母亲递过来的 1000 元钱，强忍着泪水离开了沈阳。就在以后的这一年里，徐建国为了生存，为了一年后的成功，他克服自己过去的软弱、惰性，怕吃苦等等毛病，他发誓一定不能让母亲笑话自己。在这一年中，他先后卖过报纸，当过搬运工，又在饭店打过小工。临近春节时，他几次与母亲联系，均未联系上，只得继续在外做小工，一年的时间总不算长，但他尝尽了打工的酸甜苦辣和生活的艰辛。

　　一年后，2003 年 9 月 22 日，一位张哥找到徐建国："给，这是你妈妈写给你的信，你自己好好看吧。"原来，在徐建国离开的那天，为了防止意外，他母亲高薪雇了 3 个人悄悄跟着儿子，张哥就是其中之一。徐建国的母亲已患癌症，她自知不久于人世，但她想到儿子在优越环境中长大，根本不知道生活有多艰辛，更不会去想未来他的生活可能会遇到竞争的激烈和残酷。市场是无情的，今天你是富翁，明天你可能成为穷光蛋，一个没有艰苦卓绝精神和没有经历过社会磨难的人是很危险的，早晚会被淘汰。母亲把自己的心事和想法在绝笔信中向儿子作了透彻的倾诉，徐建国看完母亲的信已经是泣不成声，泪如雨下。他在心中坚定地说："我一定要刻苦努力，决不辜负母亲的一片苦心，我为有这样一位好母亲而感到无比的骄傲和自豪。"这位母亲用她特殊的爱诠释了无论环境的好坏，父母只有帮助孩子获得健康、强壮的精神生命才是最重要的，孩子有了这样的精神生命，他们何愁没有光明和美好的人生。

　　温馨提示： 当你处境不好的时候一定不要怨天尤人，甚至，破罐子破摔，一定要努力从孩子的身上发掘希望。当你处境好的时候一定不要自满、骄傲，要多想想危机，更要想到自己对孩子的影响。

五、不因为我们地位的高低

　　地位低的人不等于就会缺少自信，更不等于不帮自己的孩子树立奋发、向上的信心；地位高的人不等于就该当自己孩子的靠山，更不等于该用自己手中的权利为他们铺好各种路。你想知道别人好的做法吗？

　　在现实生活中由于各种原因，每个人处于社会中不同地位，总体来说，绝大部份人处于相对较低的地位，这其中的一些父母由于感到自己地位的劣势，他们往往对自己和家里的前途缺乏信心，他们对自己孩子的教育是凭情绪和感觉。在他们情绪、感觉好的时候，他们可以容忍孩子的很多缺点和错误，甚至放纵孩子。在他们情绪、感觉差的时候，他们往往采取咒骂加武力的方式对待孩子。在他们的教育方式下成长起来的孩子很多表面上看起来是那样的魁梧、健壮，但在内心里、在他们的精神世界中却是那样的缺乏自信、缺少毅力，不知道奋斗的动力在哪里？

无奈生命的自豪

他们甚至得过且过，能混一天是一天，更谈不上为自己来到这个世界而感到骄傲和自豪。

但是，在生活中只要我们留意，又会发现很多例外和闪光的东西。在我侄女的同学中我们发现有这样一个与众不同的家庭。论地位，这个家中的父亲和母亲可以说都是被大多数人看不起的。论经济，他们家不算贫穷，但也绝不算太富裕。父亲是一个从小患小儿麻痹症，腿的肌肉萎缩，腰也有严重问题，扭曲着身子走路，靠给别人修补鞋子为生的人。母亲呢？她身体不太好，既要管家务，又要为丈夫他们做好后勤工作，又累、又辛苦，但就是这样一个家庭却有一个非常阳光的女儿。女儿叫赵丹丹（化名），从小不但学习好，还非常的懂事，有礼貌，有孝心。侄女向我们介绍说："提起赵丹丹难得有一个不竖大母指的。她特别肯帮助人，对人热情、大方，没有小心眼，一点都不计较自己的得失。她不但聪明，学习上还刻苦用功，2007年她大学毕业后又入伍参了军，充分证明了她的与众不同。我们大家都为能有这样的同学、朋友感到骄傲。"

一位老师讲道："开始我发现赵丹丹活泼开朗，心理很阳光时，我还以为她一定有一个非常优越的家庭，后来听说了她们家庭情况后，我带着一种好奇走近了赵丹丹的父亲。

那是一个星期天的早上，我以一个顾客的身份找到了赵丹丹父亲工作的地方。一个足有三十几平米的店面，干净、明亮，里面明确的分为两个区域，一个区域是用干净、漂亮的沙发大致围成的休息区，中间放着一个玻璃茶几，上面放了一盆漂亮的鲜花，沙发对面一个二十几寸的电视机，沙发旁边除随意可用的茶杯和茶叶外，还整齐的放着几种最新的报刊、杂志。这哪里是一个修鞋店，这分明像个舒适、安逸的家。我心中这样想，再看另一个区域，整齐、有序的各种鞋子分类摆放在几个货架上，一看就知道主人一定是既有专业水准、又认真、负责的人。

从我走进这个店开始，三个穿统一工作服，带统一围裙的工作人员让我眼睛一亮，他们不但服装整洁，而且几个人都会分别不同情况对你表示友好的接待和热情、周道的服务。

我心里明白，眼前这位残疾的工作者就是赵丹丹的父亲，他是这个店的老板，从他的言谈、举止中，从他的店面情况，以及他员工的表现中我立即感觉出了赵丹丹父亲的与众不同，一种敬意之情油然地在我心中升起。我不好意思再装下去了，我觉得如果我再继续隐瞒自己的来意，就会显得太小瞧人，甚至是不够道德了。我对赵丹丹的父亲说，我姓冯，是丹丹她们的任课老师，我知道丹丹是一个非常好的学生，我听人介绍了一些你们家的情况，我对你们家非常感兴趣，今天是专程来的。听了我的话，丹丹爸爸放下手中的活站起身来，有点不好意思地对我说道：'哦，原来是冯老师。请坐，请坐。'他一边说，一边走近我。'感谢你们老师对丹丹的关心，丹丹成长中的每一点成绩和进步都是与你们的辛苦分不开的。'我明白他说这话有谦虚的成份，但完全是诚心诚意的。我把话峰一转说：'学校的教育方式，你肯定也清楚，老师对每个学生的付出几乎都是相同的，但各个学生的表现却千差万别，这其中除了主要靠学生的悟性外，非常重要的一个原因就是家庭对孩子的教育和影响，我特别想知道你们是怎样教育和影响你们丹丹的？

赵丹丹的父亲请我坐到沙发上，他坐在我的对面，然后慢慢的对我说：'说起我们对丹丹的教育，我们确实没有什么特别的方式、方法。我们只是觉得作为一个人来到这个世界本来就是一件很幸运的事，因此，每个人都应该好好地珍惜生命，过好每一天。珍惜生命，过好每一天这其中的含意是非常丰富而深刻的。我作为一个残疾人感觉我们对生命的意义可能有着更深刻的理解，残疾人的物质生命自然处于弱势，一般家庭的残疾人比起正常人来地位也要低很多，但正因为残疾人的特殊，我们可能更觉得生命的来之不易，更觉得生命的可贵。物质生命的劣势要求我们一定要有超强的精神生命才能过上比较正常的生活，同时物质生命的劣势也为我们提供更多磨练我们精神生命的机会。我在五岁因病成为残疾人以后，在我的眼里看到的是父母对我的关爱，很多人对我的可怜和同情，以及更多的歧视。渐渐的我开始懂事，我发誓一定要活出个人样来，我要摆脱那些可怜、同情和歧视的目光，我必须要给父母一点安慰，就这样，我拼命地读书学习，我在学校的学习成绩一直都是比较好的，但由于我们家里的经济状况等原因，我读完初中就只能把再读书的机会让给了弟、妹。在多方求职无望的情况下，我只能自谋出路，我干过清洁工，卖过小吃，卖过小百货，最后才选定了现在这个行当，我觉得我的生活道路虽然艰难曲折，但它恰恰锻炼出了我坚强的意志，激发出了我勇于战胜困难、不服输的勇气。我觉得我虽然比正常人付出得多，但我感觉我得到的回报也不少，我除了有一个稳定、幸福的家庭，有一个懂事、聪明的女儿外，我还有比较可观的收入，这离不开大家对我的关照，因此，我感到精神上很充实，生活上很满足，我从内到外都充满活力，我感谢人们！我感谢生活！我觉得我作为一个残疾人在精神生命的健康上已超越了很多正常人。另外，要谈到我们对女儿的教育可能就是我把我的这些思想、精神以及对生活的态度、对人、对事的方式、方法潜移默化地传给了她。女儿小的时候看见别人对我的欺负、歧视，她感到害怕，有一种抬不起头的自卑感，她不太愿意和我一道出门，在别人的面前也怕提起我，我非常理解女儿的心理，我从不责怪她。每当女儿和我在一起的时候我会比其它时间表现得更好。我更加大方、开心地与人打招呼，与人说笑，用我勤奋学习得来的多种知识与人交谈，磋商很多事情，帮助别人解决很多难题，通过我的努力，我迎得了很多人的好感，我不但人缘好、朋友多，在我内心也没有一点自卑感。随着女儿的逐渐长大，她慢慢的懂得了我，她的思想、感情、她的心理也发生了翻天覆地的变化。女儿在初中时，她在一篇文章中写道：我的家是一个非常幸福的家，我的父亲是一个伟大的父亲，也许在别人眼里他是一个因残疾而丑陋、弱小的人，但我知道父亲在这种外表的掩盖下却有着一个美丽而强大无比的精神世界，这个世界就像父亲的另一条生命，它带给父亲、带给我们家享用不尽的幸福和快乐。每当我遇到困难时，我自然就会想起父亲的精神，困难顿时就不成其为困难。每当我在前进道路上遇到曲折和障碍时，父亲传递给我的精神力量自然将一个个曲折和障碍扫除得干干净净。我为有这样的父亲而感到骄傲和自豪……'

'懂了，明白了。'我在心中对自己说。听了丹丹父亲的这些话，我彻底明白了丹丹的优秀不是偶然的，它主要是这位父亲用他的精神感染、影响的结果，这是其它任何教育都难以比拟的。我感到了极大的欣慰和满足，我起身与赵丹丹的父亲告了别。"

听完这位老师的讲述，我想，我们反观现在很多地位相对高的父母和其他关爱孩子的人，他们对自己的孩子又是如何教育的呢？，有一些地位相对高，甚至有权、有势的父母和其他关爱孩子的人误认为关爱孩子就应该尽自己的努力，为孩子铺好生活的路、人生的路。这样，才算是尽到了责任，才算安心，可是他们没有想到，孩子从他们的身上感到优越、靠山、保护的同时，他们太习惯于索取，不太愿意再去努力，去创造，当他们遇到困难和挫折时更习惯于依靠和寻求保护，他们的意志力被大大的削弱，他们一步步的失去了挑战困难和战胜困难的勇气和信心，这些精神生命被削弱了的孩子他们很难找到为自己来到这个世界而骄傲和自豪的感觉。

温馨提示： 一个人幸福感和自豪感的多少不是由地位的高低决定的，因此，地位低的人只要善于抓住生活中那些积极、向上的东西，用宽广的胸怀去拥抱生活就会获得幸福感和自豪感。在这种氛围中成才的孩子具有幸福感和自豪感就是件自然的事。相反，地位高的人如果妄自尊大，心胸狭窄，在他们的影响下，他们的孩子同样难以找到幸福感和自豪感。

第五章　鼓舞起来的生命

　　人的精神生命像是一个特别奇怪的东西，很多时候你提供给它很多好的、优越的条件，它回报给你的恰恰是一些消极、负面的东西，那些看起来曲折、坎坷甚至是打击和艰辛，好像还正好给它提供了有益的养料。其实不然，我们通过深入的分析和研究后发现这其中蕴含着很多教育的问题，这里的教育不是说教、不是居高临下的指导，更不是父母的规划或安排，它是父母或其他关爱孩子的人和孩子进行非常适益的相处，这种适益也许是平等、和谐、友好，也许是在平等、和谐、友好的基础上进行适度的管理；也许是"不尽人情"的磨练，甚至是"绝情"和"残酷"。总之一句话，因人而异，不是千篇一律，最重要的是一个"悟"字，父母和其他关爱孩子的人需要"悟"，孩子自身也需要"悟"。

　　父母和其他关爱孩子的人感悟出了教育的真谛，感悟出了孩子的特点就会找到和运用好适合孩子的方式、方法。孩子感悟出了父母和其他关爱他们的人的爱心，感悟出生活和人生的真谛，他们的精神生命就会蹦发从连他们自己都难以想象的力量，他们的人生就会充满无限的希望。

　　让我们从一些活生生的实例中去好好领悟一下吧！

一、充满自信和希望的无臂青年

为什么一般正常人难以想象的生活，他却过得那样的阳光灿烂，他的动力从何而来，您想知道吗？

据报道，在河南平顶山工业职业技术学院有一个叫李彬彬的无臂大学生，他不但用脚生活、学习、而且还创办了一个"微笑心理健康咨询协会"。他用他的特殊经历和感受、还有他阳光的思想和心理去帮助身体健康的同学解决了很多心理问题，他的力量从何而来，因为在他那看似残废的物质生命中包含着一个受自信、自主、自强、希望和感恩鼓舞的强大精神生命。

在李彬彬九岁时，一天在去上学的路上，他不慎碰到带电的高压电杆的斜拉线，发生触电事故。后被送到医院，在两个月的治疗中，因不断的感染他接受了 3 次手术，最后失去了双臂并且连装假肢的机会也一同失去了。

在治疗的过程中，为了防止伤口感染，李彬彬每天都要输液。最多时他一天输了 24 瓶液，前面的针眼还没有好，又要扎。

身体的伤痛还不算什么，最让年幼的他无法接受的是失去双臂的事实。想起过去和伙伴们一起丢沙包、拍洋牌的快乐时光，李彬彬的眼泪止不住的往下流。那时，他整天躺在病床上一句话也不说，一边默默流泪，一边傻傻地望着窗外。"我每每看到这个，都会忍不住地哭。"李彬彬的妈妈说。"可奇怪的是，一听见我哭，他马上回过神来，舔舔嘴角的泪水，笑嘻嘻地劝我，哄我开心。"她补充道。

李彬彬最喜欢吃面条。中午在学校餐厅，李彬彬照例要了一碗面条，然后向卖饭师傅挺挺胸，师傅心领神会地从他的上衣口袋掏出饭卡，付了款。身边的同学帮他把面条端到桌子上，他坐下后脱掉拖鞋，便把脚翘在桌面上，用两个脚趾熟练地夹起筷子，开始吃起来。李彬彬吃饭的速度很快；每次，同行的同学碗里的饭还剩一半时，他就已经吃了个精光。

为了学会用脚吃饭，李彬彬可费了不少劲儿。

刚住院那会儿，妈妈一直喂饭给李彬彬吃。病情刚稳定，父母就决定不再喂他，要求他学会用脚吃饭。可要用脚夹着勺子、筷子夹菜，然后再送到嘴里，谈何容易。

刚开始，妈妈每天帮李彬彬活动腰腿，把他的腿放在桌子上，用力向下按压他的身体，开始压20分钟，后来是一个小时。适应了桌子的高度后，李彬彬又被要求把腿往墙上压。光是压腿，年幼的李彬彬就经常疼得直掉眼泪。经过不懈的努力、锻炼，终于李彬彬完全学会了用腿吃饭。

"那时候真苦！有时候我就想，为啥现在我不爱哭了，可能就是因为当时把眼泪哭干了吧！"李彬彬笑着说："那时，妈妈经常对我说，只有自己努力去做，乐观地去生活，正常人有的一切你才一样能拥有。"

出院后，亲戚曾建议送李彬彬上残疾人学校。但好强的妈妈仍坚持把他送回原来的学校。校领导特别批准李彬彬随班升入三年级学习。很快，李彬彬又学会了用脚翻书、记笔记，并且和用手的同学保持同样的速度。

"以前我上小学一、二年级时学习不太好。可自从出了事以后，我每次考试都是全班第一，考初中时还是全校第一呢！"李彬彬说。

上初中时，因为家离学校比较远，为了上学方便，李彬彬想学骑自行车，但父母不同意，担心他出危险。可趁父母下地干活时，李彬彬就自己借来了小朋友的自行车开始偷偷练习。经过多次摔打后，他终于学会了靠胸部控制方向，用鞋蹭着轮胎刹车自己骑自行车！

2006 年李彬彬参加了高考，他以高出建档线 76 分的成绩，考入了平顶山工业职业技术学院工商企业管理专业。

李彬彬说："虽然老天让我失去了双臂，但却让我拥有了比常人更多的友谊和关爱，对我够公平了！"

李彬彬截肢后重返学校，校领导对他非常照顾。为了便于让他用脚写字，老师专门锯掉了桌腿，将课桌直接放在地上。无论是小学，还是初中、高中直到现在的大学，他的桌椅都是学校为他特制的。

2006 年 9 月 1 日上午 10 时，平顶山工业职业技术学

鼓舞起来的生命

院付院长李树伟带队，亲自到李彬彬家接他去学校报到。学院还专门为他开辟了入学绿色通道；除免去学费，住宿费，书本费等费用外，每个月还给他200元的就餐补助和一些其它补助。

李彬彬说："我希望用我的亲身经历，鼓励、启迪遭遇挫折的同学，把自己的微笑传递给更多的人。"2006年12月1日，在刚走进大学校门不久，李彬彬便和同伴们一起成立了学校第一个心理健康社团——微笑心理健康咨询协会。

他当上"微笑协会"的会长，李彬彬每天下了晚自习后，都要到网吧、图书馆下载翻阅有关健康方面的书籍和资料。"协会的心理咨询热线就设在我们宿舍，我不带头学习心理健康方面的知识，怎么能更好的帮助打来热线电话的同学呢？"李彬彬说。

目前，微笑协会已有会员60多名，分为信息部、宣传部、策划部等部门。起初，协会的业务仅仅是接听咨询电话，经过一年多的发展，协会还定期联系、邀请著名心理咨询师到学校讲课，配合学校开展一些心理调查。每星期，协会的会员们都要被组织一、二次在一起开展心理互动交流，学习有关心理知识，他们还组织同学去敬老院、福利院等为老人和孩子们奉献爱心。

不仅如此，李彬彬还加入了平顶山志愿者协会。李彬彬说:"做人必须懂得感恩!帮助同学们解决心理上的疑问和困惑,成为自愿者帮助其他比我更困难的人,就是希望能用我微薄之力回报社会各界对我的关怀。"

"刚进校时,学校考虑到李彬彬的情况,考虑要专门安排一些同学去帮助他,可他对学校领导说:"我和正常同学一样,我不需要什么特别照顾。"他从不愿意别人用同情的眼光看待自己,总是保持着开朗、乐观的心态和积极向上的状态。

"没有双臂的李彬彬,天天快乐地学习和生活,真是好样的!他脸上洋溢着自信的笑容,每次看到他都让我觉得心头一热,涌起一股暖流!"一个同学竖起大拇指说。

"我印象最深的,就是我和他在网吧偶遇的情景。"一位同学回忆道。

那天,这位同学到学校附近网吧上网,她意外的看到了对面仰靠在板凳上,将双脚翘在键盘上打字的男子,定睛一看,正是李彬彬。"你咋也在这儿上网?"这位同学脱口而出。李彬彬笑呵呵地回答:"想上网就来了呗,你QQ号是多少?我加你呀!"

"在那么多人面前,没有胳膊的他抬脚打字,他不会觉得不好意思,反而还觉得很正常,那份豁达让我至今难忘!"这位同学说。

没有了双臂,李彬彬走在路上很容易引起佰生人的注目,经常和李彬彬一起出入的一位同学总觉得那种目光中有些歧视的成份。可李彬彬对此却不在意,他总是笑着说:"看就看呗,每天都是人们注目的焦点多好!"

在一条残缺的物质生命背后却有着一条非常强健的精神生命,这就是李彬彬展现给我们的奇迹。作为健全人我们又有何感想呢?

温馨提示: 其实鼓舞起李彬彬精神生命的重要因素很简单,即:要强、不愿向困难低头,再加上爱的力量和成功中获得的自信。可见,这就给了我们一个明确的启示。作为健全、聪明孩子的父母和其他关爱孩子的人只要抓住孩子的特点即时肯定他们的长处,用他们点滴微小的成功去激励他们的上进心,帮助他们找到自豪感。及时发现他们的不足,和他们商定有针对性的措施帮助他们克服和改正,逐渐鼓励起他们强健的精神生命就不是件难事。

二、逆境焕发的力量

家庭教育不可能有意制造这样的逆境,但这样的逆境却能产生家庭教育希望达到的境界,从以下的故事中我们可以看到精神生命被鼓舞起来后所焕发出的巨大力量!

请看重庆大学一位女研究生跳舞挣钱救母的故事,这是另一种被鼓舞起来的精神生命所焕发出强大动力的例证。

（一）窈窕舞友原来是研究生

2005 年 12 月 25 日下午 4 点，重庆大学第八教学楼 303 教室。

刘可（化名）正在看从图书馆借来的《2005 年消费者行业报告》，为期末的论文做准备。一个塑料饮水杯充当了临时的暖手器，她一边复习一边不停地拿出小灵通看时间，因为晚上还得去一家茶楼的"圣诞之夜"演出，不能迟到。

"迟到要被扣钱。"刘可说，圣诞夜她和"温娜舞队"的几个队友一起，将去参加江北区石马河一茶楼的圣诞狂欢夜演出，她们要跳出场的劲舞《So crazy》，所有的演出服、化装等均自理，每人 250 元，这是她目前为止得到的最高报酬。

"节日期间老板比较大方。"刘可很高兴，因为一个星期前，沙坪坝一家装饰城开业，她穿着单薄的舞服在寒风中冻了两个小时，才得到 100 元。

进入"温娜舞队"的机会其实很偶然。2005 年 10 月底，母亲查出患了红斑狼疮，刘可每天在网上疯狂地找兼职，刚好看到一论坛贴出招舞蹈演员的贴子，内容是舞队由学习舞蹈专业的人教授，周末或节假日在一些娱乐场合串场，排演时间也不强制，比较自由。这让课程繁忙的刘可很高兴，凭借不错的外貌和形体，以及在西南师范大学念

鼓舞起来的生命

本科时参加学校演出积累的舞蹈功底，对方录用了她。

"合作很久，我们才知道她是研究生。"队友李瑞雪说。每次演出完，主办单位都要请队员们吃夜宵，或出去玩，但刘可从来不去。"开始我们还以为她有点清高，后来才知道是因为还有个病得不轻的母亲住在医院，除了她，没人照顾。"

果然，当晚演出完，虽然已是 11 点，刘可不顾众人挽留，独自坐公交车到市一医院。"我要和母亲过圣诞节。"去三峡广场和解放碑狂欢？刘可不敢想。

（二）她为母亲轻舞飞扬

说起跳舞的经历，开始并不像刘可想的那样简单。半路出家的她，常常为了一个动作要练习上百遍才能达到要求，而且，曾经一度产生放弃的念头。

"主要觉得不好意思，放不开。"印象中一次难忘的经历让刘可几乎放弃以舞蹈打工的念头。那是某电器商场周末商品促销，请她们去"热"场子，两场下来 150 元，但是，对方要求她们穿露脐装、超短裙，走光的可能性极大，这让思想一向保守的刘可不能接受。

郁闷了一天，刘可决定重操旧业——做家教。家教一个月结一次帐，而此时医院的催款电话一个接一个。无可奈何，刘可除了把母亲从西南医院转到第一人民医院，她再也想不出更能节约钱的办法了。"但这样做并不能解决根本问题。"

"母亲在死亡线上挣扎，我却守着这点可怜的尊严无能为力。"想到病床上由于激素作用已严重变形的母亲，刘可哭了。她咬咬牙，选择了妥协，不过至今没敢对母亲提一个字。最后当她把钱交到医院，看着救命的血浆输入母亲的血管，刘可心满意足了。

在各大茶楼等演出期间，有人曾向刘可建议，她的身材棒，且舞蹈感觉很好，稍经培训，就可以去酒吧表演，报酬可观。因为怕伤害母亲，也怕自己从此走上一条不归路，刘可毫不犹豫的拒绝了。当她事后对母亲讲起此事，母女俩抱头痛哭。

跳舞，每个月十场左右，只是刘可打工生活的一部份。与此同时，她还做着学校助教，每节课 5 元的报酬。星期六、星期天白天，则做烟草促销等四份兼职。

"累是累，但值得。因为现在我是妈妈唯一的依靠。"刘可说。1994 年父母离婚后，她随父亲生活。"但自己从来没觉得一家人就这样散了。"由于母亲一直不愿再婚，刘可高考填报志愿时，特意选择了西师，"为了方便照顾母亲"。

（三）幸福母亲为女儿活着

幸福母亲叫邹承辉。虽然躺在医院病床上不能动弹，全身浮肿，说话非常吃力，但在她的内心中不断充满着一种一定要活下去的力量。

病房里，刘母好友谭代敏来医院探望，说起刘母的遭遇，谭的眼睛红了。谭说，1995 年单位破产后，刘母一直没有固定工作，住在北石电熔机厂职工楼旁，一个用油毛毡搭建的偏房里。"冬冷夏热，平时靠帮人守门面、包粽子糊口。"11 月刘母患病前，还在做保姆，攒了几千元钱，准备支持女儿考博士。"没想到疾病来得这么突然，从 12 月 6 日入院治疗以来，已花掉了一万多元，全靠刘可打工挣钱。"

"一个女娃娃，还在读书，就要挑这么重的担子，不容易啊。"谭说，以前刘可总对妈妈说，她在学校当助教，可以挣很多钱。一次，演出完后，刘可来不及卸妆，当她浓妆艳抹出现在病房里时，刘母逼着女儿坦白：究竟在外面做什么工作？甚至以拒绝接受治疗相要挟，刘可才向母亲发誓说，自己去跳舞了，但是绝对没有做任何对不起母亲的事。

"我对不起女儿……"邹承辉哽咽着说。自己患病后，她不止一次想到过自杀，但是每次想到女儿的笑脸，想到女儿委屈四处奔波操劳，只是为了让她多活一天。"我只好放弃这些念头，咬牙坚持下去。可是，我实在不忍心她去那里抛头露面啊！"想到女儿每天疲于奔命，四处串场挣钱，刘母泪如雨下。

看见母亲伤心，刘可噘嘴嗔怪母亲："你看你看，喊你别哭，一点不听话。"擦去母亲眼角的泪，刘可起身说要热粥给母亲喝，一转身豆大的泪珠滴落在地上。

刘母的主治医生介绍，刘母的病情发展很快。对此，刘可说："只要能治好母亲的病，就是拼命也要挣钱。"

"只要能救母亲，我愿意做任何事。"这是刘可坚定不移的信念，这是爱对刘可精神生命的强大鼓舞。想着女儿期盼自己活下去的目光，刘母又不忍轻易放弃自己的生命。

母女二人，心里都想着对方。漂亮女研究生每日奔波于课堂和舞场间，在知识与生活的双重重负下艰难地舞蹈，这是多么凄美而坚强的舞蹈。这坚毅温婉的爱和美，让我们学会了感激，懂得了珍惜，同时，也看到了被鼓舞起来的精神生命所焕发出的巨大力量。

温馨提示：我们从刘可的身上看到了一种坚毅、执着的力量，这种力量来源于她对母亲的爱，来源于她的自信和顽强，这是强健的精神生命在恶劣处境下展现给我们的力量。由此，我们得到启示，作为父母或其他关爱孩子的人只要平时注意从生活的点滴中培养孩子的爱心和坚毅、顽强的品格，当严峻考验来临时他们一定能顶天立地。

三、磨难和爱的鼓舞

一个人的一生会遭遇到什么样的困境或磨难，谁都无法预料，然而，怎样从困境或磨难中崛起，并走向自己的成功，甚至是辉煌，这其中有什么奥秘呢？想必您也想弄个清楚。

鼓舞起来的生命

再请看一个特别的故事。著名画家沈利萍用自己强大的精神力量，撑起自己残疾儿子的一片天，使之身残志坚创造出了奇迹和辉煌。

（一）灾难从天而降

1993 年 7 月 23 日，宁夏银川机场发生了建国以来罕见的空难，108 名乘客和 5 名机组成员中只有 40 人生存下来。年仅 12 岁的王嘉鹏父子就是这场空难的幸存者，虽然父子俩保住了生命，但父亲的腰椎等多处受伤，王嘉鹏却腰椎暴烈骨折，生命垂危。此时，沈利萍正在深圳搞壁画创作，对空难毫不知情的她突然接到母亲的电话，说她丈夫摔伤了。于是她赶紧飞到银川。赶到医院，毫无心理准备的沈利萍一下接到两份病危通知书，医生断言，就算保住了嘉鹏的性命，他的余生也只能在轮椅上度过。"这个噩耗像晴天霹雳，一下将我推到绝望的边缘，有种生不如死的感觉。但我想到了儿子，他有幸从飞机残骸中爬出来，作为他的母亲，我就应该给他生存的信心。"

万分悲痛的沈利萍在接受了悲惨的现实后，决心从自己开始要坚强。从此，沈利萍开始了帮助儿子摆脱病痛的折磨到鼓励儿子重新站起来的艰难历程。回忆起当时的情形，沈利萍感慨地说："这 5 年的时间对正常人来说不算太长，但我和儿子却是一天天数着过的，儿子的病情稍有变化就会让我们胆战心惊。"

（二）助儿重新站立

1993 年 9 月 27 日，沈利萍带着儿子来到北京康复中心。为了让儿子重新站起来，沈利萍靠自学掌握了护理知识，无微不至地照料儿子。为了减少嘉鹏身体的痛苦并防止肌肉萎缩，沈利萍每天都要为儿子做全身按摩，以致自己的手指变形。

嘉鹏的脊椎损伤引起了大小便失禁，使得他的裤子经常被尿湿，为了不让嘉鹏感染，沈利萍给儿子买了 20 多条秋裤，无论春夏秋冬，每天都将尿湿的裤子洗净熨干。

在对儿子的日常生活进行悉心料理的同时，沈利萍还坚持每天都用皮尺测量嘉鹏腿部的长度和各部位的粗细，认真地将数据一项一项记录在本子上，与前一次的数据进行比较。然而，几个月过去了，嘉鹏腿上的肌肉日渐萎缩，双腿仍无知觉。每天夜里她都背着儿子绝望地哭泣，可在儿子面前，她却只能强装笑脸，并不断给予他安慰和鼓励。

夜深人静，沈利萍从医院回到自己在北京的租住地时，沈利萍拿起画笔，将自己融入那远离哀愁的理想世界。在此期间，她创作的作品《秋韵》获得了国际画展金奖。沈利萍说，她有幸成为一名画家，使她能用手中的画笔抒发心灵的情感。同时，她在残酷的现实面前表现出的勇敢和理性，也鼓舞着儿子战胜病痛，创造出一个个生命的奇迹。

鼓舞起来的生命

在沈利萍的照料、帮助下，嘉鹏的身体一天天在康复，但双腿的残疾却是无法改变的，这个残忍的现实让嘉鹏根本无法接受。他拒绝出门，成天躲在医院里，并且对医生的开导全无反应。为了帮助儿子克服心理障碍，沈利萍买来胡里奥的歌带，并经常给他讲胡里奥从正常到残疾，又从残疾到正常的特殊经历；她买来《钢铁是怎样炼成的》和张海迪的书，以及一些成功人士的人物传记，让他从中汲取精神营养。经过一年多的努力，嘉鹏终于明白了母亲的良苦用心，开始积极主动地配合医生的治疗。

在康复训练中，沈利萍每天除帮助儿子完成医疗的训练安排外，还另制定训练计划，用锻炼大腿、胳膊、腹部肌肉的方法来弥补腿肌的不足。母亲的坚强给了嘉鹏战胜困难的勇气，一次次枯燥而且痛苦的训练，他都以超过常人的毅力坚持了下来。苍天不负有心人，被医生宣判将终生瘫痪的王嘉鹏，居然摆脱轮椅站了起来！

（三）儿子自强不息

空难前，嘉鹏仅是小学五年级学生。大脑受损以及病痛的折磨，使记忆力严重下降，难以完成学业，但母子俩并未放弃。嘉鹏得到一位朋友送的一台旧电脑，沈利萍便和儿子一起钻研电脑知识，之后，嘉鹏利用电脑软件学完了初中、高中的课程，英语水平达到了国家四级。

1998年1月，挪威菲尤尔红十字挪迪克联合世界学院首次在中国招一名肢体残疾学生，嘉鹏看到这个消息后对妈妈说："我一定要考上，我想上学。"在接下来的初试和复试中，嘉鹏凭着实力和自信，赢得了教官们的一致好评。当年 3 月 13 日，中国残联收到挪威的正式通知——王嘉鹏被正式录取了。

在挪威世界大学上学期间，王嘉鹏不仅学习成绩优异，而且在第 36 届世界残疾人滑雪比赛中为中国赢得了两枚金牌，在贝托斯特拉滑雪场上第一次升起了五星红旗。王嘉鹏还在世界联合大学组织了中国文化班，向来自世界 86 个国家的学生展示传播中国文化。身残志坚的王嘉鹏的事迹感动了挪威人民，挪威人民将他誉为"中国英雄"。

在挪威求学期间，18 岁的王嘉鹏创作了自传体小说《撑起生命的蓝天》。小说在挪威和中国出版后，引起了强烈反响。他的母亲沈利萍也受到北欧 8 国艺术中心的邀请前往挪威，并在当地举办了首位中国女画家的个人画展。此外，她在儿子就读的学院为来自世界各地的学生们讲授了"中国绘画"课程，深受好评。

（四）首相自愿配戏

挪威 NRK 电视台多次跟踪报道王嘉鹏的学习和生活经历，还特别制作了《穿越长城之子》专题节目，挪威王国的松娅王后、首相邦德威克数次接见了王嘉鹏。在根据

鼓舞起来的生命

王嘉鹏的自转体小说《撑起生命的蓝天》改编的同名电视剧中，挪威王后和首相还亲自出演其中的角色，开创了国内跨国制作的电视剧由外国首脑级人物饰演其中角色的先河，也给予了王嘉鹏至高无上的尊严和荣耀。

沈利萍说："挪威首相已授予王嘉鹏'中挪友好使者'的称号。"在嘉鹏远离祖国在外求学期间，沈利萍一直与他鸿雁传书，有时一次就要写上 20 多页。现在母亲的信成了嘉鹏不可缺少的精神食粮。而沈利萍花费一年时间，将自己与儿子的经历成书出版，书名就是《妈妈再生你一次——我与空难的儿子》。

面对鲜花和人们的掌声，沈利萍母子感触很深，这位坚强的母亲由衷地说："活着真好！我们要珍惜生命中的每一天。只有经历过深切的痛，才会感到生命的宝贵；因为有爱，生活才如此美好！"可见，人的精神生命一旦被鼓舞起来，它带给我们的智慧和力量是无法估量的。

到此，我又回想起了那个曾经在媒体上掀起波澜的让人感动、让人振奋的故事。

温馨提示： 鼓舞起孩子精神生命的形式多种多样 方法千差万别，用哪样合适的方式、方法去鼓舞自己孩子的精神生命，沈利萍给我们提供了另一个典范。要鼓舞起孩子的精神生命其实并不是件非常复杂、难以做到的事，只要父母和其他关爱孩子的人用心去发现孩子心灵中的闪光点，用情去感动孩子心灵中那些丰富多彩的情，用爱去激发孩子那颗充满无限潜能的心，鼓舞起孩子的精神生命就是件自然的事情。

四、"馒头神"的故事

一个卖馒头的打工仔，怎么会被清华大学的精英们尊称为"神"呢？在其成长经历中，他都做了些什么？您看一下说不定你会被感动。

故事说的是一个在清华大学打工的农民工——"馒头神"的经历。

在清华大学的第 15 食堂有一个卖馒头的农民工，人们亲切地称他为"馒头神"。这是为什么呢？因为他给大家卖馒头用的是一口非常流利而标准的英语。同学们开始是惊愕，后来是佩服，再后来把他当成激励自己的榜样。哈佛大学一位著名女教授来清华大学进行学术交流时听说了这位农民工的事迹后，专门到食堂找他进行聊天。尽管有思想准备，但对方一开口还是令这位美国教授感到很吃惊，他敏捷的思维、流利的英语、温暖的笑容，给她留下了深刻的印象。几年后，美国一家媒体采访她，问到她对中国清华大学的印象时她由衷地称赞说："那真是一个藏龙卧虎的地方啊！连在校园食堂里卖馒头的打工青年，都拥有高超的英语水平和极好的修养！"

讲到这里，人们可能会问，这位农民工为什么会有这样的英语水平？他为什么会在这里打工？他又有着什么样的人生经历呢？

鼓舞起来的生命

　　他叫张立勇，1975 年出生在江西崇义县茶滩乡。18岁那年他为了帮家里还债，高中未读完就只身到广州打工。他在一家中外合资的玩具厂找到了工作。由于这家玩具厂的产品都是外销的，因此，产品从订单到包装、说明等等都是英文的，这下张立勇犯难了。这时，张立勇想到了家里急需归还的债务，想到找到工作的不易，想到父母的辛劳和他们对自己的期盼，他暗下决心一定不能向困难低头，一定要攻克英语难关。就这样张立勇买来英语词典当助手，借助收录机当老师如饥似渴的进行学习。经过几年的努力，张立勇不但取得了显著的工作成绩，还帮家里还清了全部债务，同时他的英语水平也有了很大的提高。

　　一次，他与一个在北京的亲戚通电话，对方提到清华大学有一个到食堂当厨工的机会，工资很低每月才 200元，当时张立勇在广州每月工资已有 1000 多元，但张立勇想假若能到清华大学的食堂工作就等于置身于很好的学习环境中，我在英语学习上遇到困难随便抓个人都是我的老师，那里的英语环境和学习氛围是我梦寐以求的。于是他赶紧请这位亲戚给他敲定这份工作。

　　来到清华大学的 15 食堂，张立勇当上了一名切菜工兼卖馒头。张立勇以英语作为突破口，大力度的进行自学，他为自己制定了一份严格的学习计划和几乎达到残酷的作息时间表。张立勇每天 5：00 起床，刷牙、洗脸后用半小时跑步，5：40～7：20 背英语，7：30 上班。食堂规定厨工们必须在给学生开饭之前用 15 分钟吃完饭，张立勇用 7 分钟就把饭吃完，然后赶紧躲到食堂后面一个放碗柜的地方背英语单词。"一个切菜工，学这些有用吗？如果这小子没疯，就是我疯了！"一个同事这样说。

每天因为又要切菜，又要在窗口前站 10 几个小时，晚上下班后张立勇感到腰酸腿软，人困马乏，书没看上几页，眼睛就睁不开了。这么下去怎么行！张立勇发现喝烫水能治瞌睡，每次看书前，他先准备好一壶开水，瞌睡一来立即就喝开水，舌头被烫得钻心的痛。赶走了瞌睡虫后，继续学习。他每天都要学习到晚上 1 点过才睡觉，他除了自学英语，还自学大学的其它课程。2000 年 7 月，张立勇顺利的通过了英语四、六级考试。2001 年他参加托福考试，居然得了 630 分的高分！消息传出整个清华园都沸腾了，在水木清华 BBS 上，大家将他比作《天龙八部》中那位深藏不露的少林寺"扫地僧。"这所中国最高学府的网络论坛上，首次为一个农民工的坚韧好学掀起了波澜，"馒头神"张立勇更成了热点人物。

接着，张立勇又拿下了北京大学成人教育学院的大专文凭，两年后，他又取得了北大国际贸易专业的本科文凭，经过十年的苦读张立勇终于圆了自己的大学梦。当天晚上，张立勇破天荒地花掉大半个月工资，宴请了所有的同事和朋友。酒桌上，这个沉默内敛的小伙子哭得一塌糊涂。

2004 年 7 月，张立勇出版了他的自传《英语神厨——我在清华打工》，书中讲述他的打工和自学经历。没想到，该书一面市就受到了全国众多大学生和打工者的热捧，销量惊人！张立勇成了许多年轻人的偶像。

2007 年，张立勇又通过了学位答辩，拿到了传播学硕士学位，在他的传奇经历中又添了一道亮丽的光环。2008 年 10 月，美国著名的"金头脑"英语传播公司，在与张立勇多次沟通后，聘任他为中国分公司的 CEO。丰厚的工资待遇，一下把这位打工青年推进了金领阶层。此时，张立勇终于成了破雾而出的太阳。

温馨提示："馒头神"成功的秘诀其实很简单，就是他具有一颗感恩的心和强烈的要改变自己命运的愿望，加之坚韧不拔的品格，鼓舞起了他的精神生命，使其强健无比。父母和其他关爱的人想让自己的孩子具有一颗感恩的心，其实并不难。只要平时注意提供机会让孩子多做一些奉献爱的事情，帮助他们找到互敬互爱的温暖，引导他们从小知道爱、懂得爱，感恩的种子就会在他们心中发芽、开花。在此基础上如果再不断地练就出坚忍不拔、勇于拼搏、奋发向上的品格，何愁孩子的人生不成功！

五、健康、向上的精神生命所带来的……

抓住孩子的精神生命用合适的方法对其进行关爱结果，孩子的精神生命自然被鼓舞起来，并迸发出无穷无尽的力量，家长得到解放更是件自然的事。相信您再通过以下实例，会进一步悟出您的家庭教育应该怎样做！

最后，回顾一下我们女儿进入大学以后的经历，看看被鼓舞起来的精神生命带给她的动力和希望。

（一）竞选当上组织委员

2005 年 8 月 18 日女儿独自带着行李来到期盼已久的大学，看到新的校园，全新的同学和老师，女儿想，这就是我全新生活的开始，我一定要用新的面貌去迎接这崭新的生活。过去，自己由于精力和眼界的局限，一直以来只顾着眼前的事情和单纯地学习，现在进入大学了，我们离进入成人行列和跨入社会已经越来越近，我必须要挖掘、锻炼自己各方面的能力，为实现未来的大目标作好准备。

过去女儿从未当过班干部，很少从事社会工作，现在女儿认识到要充分锻炼自己的能力，首先就应当从过去陌生的领域做起。因此，开学不久班里竞选团的组织委员时，女儿就积极的参加，凭着自己的实力和表现她当上了班里团的组织委员。

如何做好组织委员的工作呢？摆在女儿面前的是一些既熟悉又陌生的问题，女儿尽情地回忆过去参加组织活动方面的很多体验和感受，然后进行了一番总结和思考，她找到了许多熟悉的感觉。然而，在结合现在的学校、现在的同学和现在的社会环境时，女儿又感到陌生的东西太多、太多。为了把工作搞好，女儿决心首先调整好自己的心态，克服畏难情绪，只要敢于接触、敢于闯，陌生很快就会变成熟悉。

女儿每天抓紧完成学习任务后，查阅、学习了大量有关搞好团组织工作的资料，通过认真分析、思考，很快就制定出了本学期班里团组织的工作计划，征求大家意见后将计划确定了下来。紧接着，女儿按照计划有条不紊的逐步开展工作。按照计划，她一方面灵活机动地组织同学对学习中的一些重要问题、社会上的一些热点问题进行研讨，另一方面也对党和国家的很多大政方针、政策进行学习，同时定期开展一些丰富多彩的文体活动。此外，除了搞好计划中的所有工作外，还找准机会深入到一些社区和敬老院开展一些专题社会调查和献爱心的活动。

第一学期结束时，同学们给班上团组织工作的评价是：切合实际，有声有色。既鼓舞了士气，又增强了大家的凝聚力。

（二）竞选当上实践部部长

大一的第二学期，女儿在努力抓好学业和班上团组织工作的同时，积极投身到校实践部的工作中去。她自愿并积极主动地学习和了解实践部的组织形式、管理制度和运作模式等，通过参加实践部的各项活动千方百计地寻找到一些如何借助实践部这个平台让同学们在有限的时间和空间里充分锻炼、磨练自己的途径和方法。

通常学校实践部部长的职位任期只有一年，女儿进入大二，学校公开进行实践部部长的换届选举，望有志做好实践部工作的同学积极参加竞选。女儿想，学校实践部既是一个带领全校同学与社会进行有组织接触的机构，同时又是一个展示学校实力和特色的舞台，在目前学业繁忙、社会复杂的情况下要做好实践部的工作其实是一件很不容易的事情，但这恰恰是锻炼和考验人的绝佳机会。"我不能放弃这个机会，我一定要争取当上学校实践部部长。"女儿暗下决心。

女儿认真分析了参加竞选同学的情况，仔细回顾和总结了之前自己参加实践部工作的各种过程，找出了自己的得力点与不足，并注意在竞选或今后的工作中发扬和克服。女儿根据实践部未来的发展方向，结合现在实践部存在的一些问题大胆地提出了一些改进意见，并对未来一年的工作作了一个比较详细、周密的计划，把它们作为竞选的方案参加竞选。

最后，女儿从 60 多人的竞选队伍中脱颖而出，当上了学校实践部的部长。

（三）与广州博物馆、广州黄浦军校的合作

如何搞好实践部的工作呢？首先，应该是落实竞选方案。其次，是作多方面的、较深入的调查、研究，根据自己学校的特点和社会各方面的需要找到结合点，弥补竞

鼓舞起来的生命

选方案中的薄弱之处，力求使实践部在有限的时间和空间内尽可能地开展一些高质量的活动，让同学们从中学到在课堂上学不到的东西。另外，要搞好实践部的工作，女儿清楚地认识到，一定要想尽办法充分调动同学们的积极性、发挥同学们的能动性，尽可能让大家心往一处想，劲往一处使。再就是，尽可能求得学校领导和社会有关部门的大力支持。

按照计划、方案，女儿带领实践部的一班人广泛地搜集信息，把这些信息进行综合分析、筛选，最后确定争取把广州博物馆和广州黄浦军校作为实践部较长期、稳定的合作伙伴。很快，女儿找到了广州博物馆的负责人与他们进行了充分的商谈。开始广州博物馆对女儿她们的活动反映非常冷淡，他们说：过去女儿她们的学校曾经与他们合作过，但由于多方面的原因这种合作已经中断了多年，现在由于市场经济等诸多因素的作用，假如要再进行合作恐怕意义不大，但难度却很大。

针对广州博物馆的反映，女儿组织实践部的全体人员进行了充分地研究。有同学说："现在博物馆的业务普遍较清淡，广州博物馆也同样，他们担心如果还是像过去那样的合作，即便我们参加活动的同学都被安排了相应的工作岗位，但由于没有什么事可干就等于是摆设。"另有同学说："看来现在这条路很难走得通。"还有的同学说："干脆我们另劈蹊径算了。"……同学们你一言，我一语，说了很多意见。最后，女儿带总结性地说："其它的路我们固然要考虑，但就目前而言我认为与广州博物馆合作成功的可能性更大。因为我们有过去合作过的基础，加之现在他们的业务清淡，为了发展他们迫切需要从多方面宣传自己。我想假如我们能与时俱进改变观念，不默守陈规，采取灵活多变的方法，我觉得我们合作的成功率是非常高的。具体来说，我们可以把过去同学们只到博物馆当讲解员、当服务员的方式改变为利用学校或其它平台为广州博物馆进行业务宣传、推广，在做业务宣传、推广的过程中大家就有机会进行多方面的深入学习和研究，我们不但可以学到博物馆内诸多具体、丰富的知识，而且可以学到与社会上各种人打交道的方式、方法，同时还可以锻炼、磨练我们的意志和耐心，以及增强不向困难低头的勇气。"大家觉得女儿讲得很有道理，一致同意就以这种方式与广州博物馆合作。

　　带着以上的想法，女儿她们再一次找到广州博物馆的领导进行商谈，听完了女儿她们创意性的想法，广州博物馆的领导感到非常的高兴，他们表示将大力支持女儿她们的活动。女儿她们决定首先从自己的学校做起，广州博物馆还拨了专款制作了很多展板和宣传资料。实践部把参加此次活动的同学集中起来，请广州博物馆的老师进行了几次短期培训后，一个叫做"宏扬中华文化，激励奋斗精神"的专题展示活动就在女儿她们校园内热火朝天地开展起来了。通过这次活动让很多同学，尤其是很多从未到过广州博物馆的同学甚至是那些从国外来学习和工作的同学和老师了解、知道了中国很多重要历史时期的政治、经济、军事状况，使同学们进一步懂得了中国历史的丰厚，中华文化的博大精深，中国人民的不屈不挠和英勇顽强，等等。过后，有不少的同学还专程跑到广州博物馆作进一步的学习和研究。可以说，这次实践活动搞得极其成功，得到了大家的好评。

紧接着，女儿按照计划与广州"黄浦军校"进行了密切的接触。

黄浦军校是一个在中国历史上有着巨大影响力的学校，从这个学校产生出众多的杰出人物。现在的黄浦军校是一个学习、了解历史，提振民族自信心、进行爱国主义教育的大课堂。每天都有很多人参观广州黄浦军校，女儿她们以虚心学习的态度和一定要做好服务的精神，找到广州黄浦军校的管理部门，经过不懈的努力和多次的详细磋商，最后，终于达成了与广州黄浦军校的合作协议。实践部又多了一个能帮助自己开展实践活动的伙伴。

（四）组织三下乡

把科技、文教、卫生送下乡，这是教育部不久前向全国高校发出的号召。通过认真学习后，女儿她们认为搞好三下乡活动不但是时代赋予我们使命,同时也是我们自身需要深入社会,需要到困难、艰苦的环境中去接受锻炼和考验的要求。女儿她们经过分析、研究后,决定以实践部的名义组织一次暑期三下乡活动。根据调查摸底的情况,她们决定把此次活动的重心放在较为偏远的山区中、小学校,内容主要是做支教,同时适当开展一些对当地的经济、文化、卫生以及人们的生活状况的专题调查。女儿加班加点很快作出了一套详实的工作计划。按照计划,女儿和几个副手抓紧时间和很多她们认为虽然偏远,但她们有能力到那里开展活动的单位进行了联系,结果,很多中小学的领导对女儿她们三下乡活动根本不感兴趣。有的领导说:"暑假期间要组织学生参加活动难度太大,同时还要负安全责任,真是费力不讨好。"虽然困难重重,但女儿一点不退缩。有时女儿一天就要被挂掉几十个电话,电话联系不行就亲自上门洽谈,女儿将实践部的人员分成几个组,分头行动,分别到若干个偏远的乡镇去宣传、联系。女儿她们经常是一天要坐车几百公里,步行几十里,用她们的诚心和热情去求得一些地方政府和相关单位的支持。功夫不负有心人,女儿她们的行动终于感动了几所学校的教师和领导,同时也得到了一些地方政府和相关部门的支持,他们纷纷表示将大力配合女儿她们的活动。

联系好了开展活动的地方和单位，然后就以实践部的名誉向同学们发出号召，短短几天内就有上千个同学报名要参加这次活动。经过筛选，最后留下了456人作为这次三下乡活动的成员。

四百多人分布在十几所相隔很远的学校，活动为期十几天，除了生活上有很大的困难外，日常管理、组织协调、医疗救护、处理突发事件、上下统一、配合协作的难度都非常大，然而，女儿作为总负责人，她一方面采取了既科学严格、又人性化的管理方式和操作办法，将所有的人员进行分组，明确各组、各层次的负责人，将各层次的负责人员进行明确的分工，把任务层层分解，把责任落实到个人。另一方面，采取激发大家的集体荣誉感和个人成就感、满足感的做法，制定一些对集体和个人工作表现业绩情况的评比、奖惩办法（主要是精神方面的奖惩）。通过这次活动，同学们不但看到、了解到了很多偏远山区的生活、经济、社会等等方面的状况，同时更加激发了同学们努力学习的干劲。

实践证明，女儿的工作是卓有成效的，她的努力是成功的。通过这次三下乡的活动，用一位地方领导在欢送、总结会上的话说："这是新的时代，新的一代人在用他们新的思想、新的观念和能力证明我们的民族是一个非常富有希望的民族，我们的国家是一个非常富有希望的国家。"

用女儿自己的话说："这是时代赋予我们的使命，是父母对我精神生命的培育，赋予我的力量！"

（五）当残奥会自愿者

2008 年 8 月 8 日，我国举办了盛况空前的、具有历史意义的世界奥林匹克运动会，2008 年 9 月 8 日，我国举办了举世瞩目、意义重大的世界残疾人奥林匹克运动会。在这之前，女儿很早就按捺不住自己内心的激动，她决心一定要当上一名奥运会或残奥会的自愿者。

通过搜集多方信息和进行仔细的分析、比较，女儿觉得做残奥会自愿者对自己的意义更大。女儿利用课余时间了解、学习了大量有关残奥会的知识和有关对残奥会自愿者的要求、规定等。经过了解、学习后，女儿才清楚的意识到，要当上一名残奥会的自愿者，其实是一件很不容易的事情，要想做一名合格的残奥会自愿者那就更难了。在广东省报名参加奥运会和残奥会自愿者的人员有三万多人，而实际需要的人数只有一百人，而残奥会自愿者只是这一百人中的一小部分。经过两轮面试，一轮笔试的挑选，这幸运的光环将落到谁的头上，可以说事前谁都没有把握，然而，女儿没有被这种阵势吓倒，她觉得越是困难，越能锻炼人，在她的心中始终怀着一颗坚定、必胜、勇闯难关的信心，她努力做着大量、充分的准备，用她的勇气和智慧冲破一道道的难关，终于当上了一名残奥会自愿者。

经过一段时间封闭式的严格集训后，女儿她们到达了北京，女儿被分配到水立方游泳馆，水立方游泳馆是一个由一个个"水分子"组合而成的矩形建筑物，它美丽、壮观，融合了众多现代化、高科技的元素，它是奥运会的标志性建筑之一，女儿在水立方当自愿者除了自豪外，全身还充满着一种喜悦、奋进的力量。然而，在这自豪与喜悦、奋进的感觉之外更令她感动和震撼的是那些残疾运动健儿的一言一行和充满阳光、催人奋进的表现和那些催人泪下的场景。据女儿介绍，她第一天走进水立方，虽然离残奥会开幕还有好几天，但水立方里早已聚集了很多个国家正为比赛作准备的运动员。一眼望去有只剩一只胳膊的、有失去双臂的、有只剩一只手和一只脚的，甚至还有双腿都没有的运动员等等，然而，，他们是那样的坦然，那样的认真，在他们的脸上你看不出半点自悲的痕迹，找不到丝毫哀伤的影子。

一次，一名坐着轮椅的运动员由于不小心自己从轮椅中摔出了好远，女儿和几个自愿者赶紧跑过去要帮助他，只见他微笑着挥挥手，用英语说着谢谢！谢谢！表示拒绝。然后慢慢地从地上爬起来坐起，一步步的、艰难的向着自己的轮椅移去。看着他爬上轮椅后灿烂的笑容和从容离去的背景，女儿的嗓子哽咽了，泪水不自觉的从眼眶中涌了出来。

又有一次，一名获得冠军后，泪流满面从领奖台上下来的运动员，大家虽然听不懂他喊出的语言，但从他急切的动作、表情和飞快搜索、极有指向性的目光中大家已明白他十有八九是在喊他的教练员，只看那教练员飞快地迎上去紧紧地抱住了这位残疾运动员，两个人的脸紧紧地贴在一起，泪水伴随着哭声像一双既有强大磁力和握力的手紧紧地抓住了在场所有人的心。

一阵拥抱后，那位运动员取下挂在自己脖子上的奖牌，一定要挂到教练员的脖子上，教练员不好意思地推让，这位运动员坚持一定要给他挂上，你推来，我推去，最后两个人一道走上一个相对高的地方，共同将奖牌举起，高呼……那幸福的场面、那叫你热血沸腾的欢呼，目击者没有一个不被震撼的。

每当讲起这些，女儿说话的声音常常会发颤，幸福和激动的眼泪常常也会控制不住。女儿说："这次当残奥会自愿者的经历可以说是我一身取之不尽，用之不绝的宝贵财富。"

（六）走向香港

2009年6月，女儿以优异的成绩完成了大学本科的学习。在这之前女儿报考的中山大学和香港理工大学的硕士研究生也几乎同时发来录取通知。女儿想，香港是一个无论开放程度、还是市场化程度、国际化程度都非常高的地方，比较起来更适合自己的特点。因此，决定选择到香港理工大学攻读硕士研究生学位。

2009 年 8 月 24 日，女儿满怀对未来的憧憬和希望进入香港理工大学，她又以崭新的风貌投入到了新的生活中，到 2010 年 4 月女儿由于学习成绩等的优异表现学校几次给予她大笔的奖学金。经过学校的选拔考试 2010 年 5 月和 8 月女儿将赴台湾和英国分别进行一段时间的考察学习，现在香港康宏投资顾问咨询公司、美国甲骨文 IT 产业服务公司、美国友邦保险公司已表示出要录取的女儿意向。

一天，女儿在电话中对我们说："爸爸、妈妈现在我深深的感到是你们从小给我的宽松，让我没有一点心理压力，同时不断发现我的长处鼓励我，让我在奋斗的过程中自己去捧打、自己去磨练的好处！"我们由衷的感到欣慰。

温馨提示：

从我们女儿的成长经历中我们获得了如下的主要感悟：

1. 放下家长的架子，充分尊重孩子，和孩子平等相待，做孩子真正的朋友就能走进他们的心灵，同时也就能了解、懂得他们的心声，鼓舞他们的精神生命就会找到相应的好办法。

2. 用有原则的爱去爱孩子，即：不溺爱、不偏袒、互敬互爱。这样，孩子很容易了解爱、懂得爱，并能感到爱的温暖和幸福，他们精神生命的成长就会是良性的。

3.用我们家庭的和谐和心灵的和谐去培育孩子和谐的心灵，孩子有了和谐的心灵，无论做什么事都会心态良好，强健的精神生命又多了一份保障。

4.充分信任孩子，给孩子宽松的环境和充分的自由，让他们的心灵得到放松，这样他们就容易找到幸福和快乐的感觉，从而获得自信，有了自信他们的精神生命就会放射出力量的光芒。

5.用爱、用和谐、用信任再加上情感的打动和一步步成功的感觉，以及对未来的希望去鼓舞起孩子的精神生命，会激发出孩子的动力，会收到预想不到的神奇效果。

后　记

由于自己的水平关系，加上时间、精力的限制，心中总感觉有很多想说而没有说出来的话。想到教育是一个非常复杂而系统的工程，众多的家长在教育子女的问题上费尽了苦心、伤透了脑筋，结果往往是孩子压抑、痛苦，家长失望、伤心！

我们认为，任何复杂的问题都有一些关键、根本的东西，只要善于抓住这些关键和根本，各种错综复杂的难题就会迎刃而解。对孩子进行精神生命的培育、影响使其健康、向上、充满力量，其实就是抓住教育孩子的关键和根本。孩子有了健康、向上、充满力量的精神生命什么学习成绩问题、什么生活拖拉、懒散、意志薄弱、缺乏上进心、不会与人交往等等问题，都会不成其为问题。孩子的前途和希望自然会展现在家长的眼前，家长没有了费尽心思的焦虑和伤透脑筋的烦恼。孩子有的是放松、有的是舒心、有的是被激活的动力。

当然，可能有家长会说，你讲的这些只是提供了一条理想的路径，因为教育本身是有很强针对性的，每个孩子的情况不同，要求家长所采取的方式、方法不能千篇一律，而家长的能力不同，对问题的理解也会千差万别，但是，我们说有了这条路径，尤其是，它是关系到教育的关键和根本的路径，因此，只要我们家长愿意朝着这条路径去走、去做，其它各种问题都能够一步步地找到答案。

通过爱人对学生和我们对女儿的教育实践，以及我们对社会上很多案例的学习、研究，我们感到如何看待孩子精神生命的问题，其实也就是如何正确关爱孩子的精神生命，使其健康、向上、充满力量的问题。同时，我们发现它是具有很强的可操作性的。受我们的能力和时间、精力所限，我们在本书中也只是提供了一些粗略的方式、方法，更多的、更细的有针对性的方式、方法，还得靠我们家长去摸索、去感悟，但是我们坚信，只要抓住精神生命这条主线，耐心去做，每位家长都会是合格、成功的家长！每个孩子都会是幸福、快乐、优秀的孩子！

图书在版编目 CIP 数据

生命中的生命 如何关爱孩子的精神生命 / 三可著
— 成都 四川美术出版社，2010.9
ISBN 978-7-5410-4359-8

Ⅰ. ①生… Ⅱ. ①三… Ⅲ. ①家庭教育 Ⅳ. ①G78

中国版本图书馆CIP数据核字(2010)第152962号

生命中的生命

SHENGMINGZHONG DE SHENGMING 三可/著

责任编辑：陈晶

责任校对：曾品艳

出版发行：四川出版集团 四川美术出版社

地 址：成都市三洞桥路12号 （610031）

设计制版：四友设计工作室

印 刷：四川墨池印务有限公司

成品尺寸：140mm×210mm

印 张：8.75

版 次：2010年9月第1版

印 次：2010年9月第1次印刷

书 号：ISBN 978-7-5410-4359-8

定 价：28.00元